KB076980

합동시집 — **9**

人
人
사
십
편
시
선
037

합동시집-9

2022년 3월 28일 제1판 제1쇄 발행

지은이   김정원 박용주 박우현 송창섭 임혜주 전 인 전종호 조재도 최성수
펴낸이   강봉구

펴낸곳   작은숲출판사
등록번호 제406-2013-000081호
주소   10880 경기도 파주시 신촌로 21- 30(신촌동)
전화   070-4067-8560
팩스   0505-499-8560
홈페이지 http://cafe.daum.net/littlef2010
이메일   littlef2010@daum.net

ⓒ 김정원 박용주 박우현 송창섭 임혜주 전 인 전종호 조재도 최성수

ISBN 979-11-6035-132-3 03810
값은 뒤표지에 있습니다.

합동시집 — **9**

김정원
박용주
박우현
송창섭
임혜주
전 인
전종호
조재도
최성수

작은숲

코로나 시대 시로 안부를 전하다

우리는 사실 문학에 뜻이 맞아 동인 활동을 같이하거나, 평소 어떤 모임을 같이하는 그런 사이가 아니다. 그야말로 나이도 초로에 접어들어 머리칼이 희어지고, 각자가 살고 있는 지역에서 시를 쓰면서 자기 삶을 살아가는 사람들이다. 김정원(전남 담양), 임혜주(전남 무안), 송창섭(경남 삼천포), 박우현(대구), 전종호(경기도 파주), 박용주(충남 공주), 조재도(충남 천안), 전 인(충남 계룡), 최성수(강원 횡성). 거주지로 본다면 가히 전국적이다.

그렇긴 하나 이번 합동시집에 참여한 시인들의 공통점이 두 가지 있다. 하나는 작은숲출판사에서 펴내는 시집 시리즈인 '사십편시선'에서 시집을 발간했다는 것과, 다른 하나는 참여 시인들이 모두 교사 출신이거나 지금도 현직에 있다는 것이다. 여기서 잠시 '사십편시선'이 무엇인지 말해 둘 게 있다. '사십

편시선'은 시인 이육사가 평생 남긴 시가 37편이라는 점에 착안하여 이름 지은 것이다. 다시 말해 이육사의 시가 사십 편이 채 안 되니, 시가 넘쳐나는 시대, 우리도 자신이 쓴 알짬 시 40여 편만을 골라 시집에 싣자는 취지에서 시리즈 이름을 그렇게 했었다. 그러나 시집 발간이 늘어나면서 그 정신은 살려 나가되 너무 편수에 제한을 두지 말자는 의견이 많이 제시되어 지금은 그렇게 하고 있다.

시의 숲에 들어선 지 40년이 다 되어 가는 지금, 새삼스레 '시란 무엇일까? 묻는다. 시란 무엇일까? 다른 것 다 접어 두고 적은 말로 긴말을 하는 게 시가 아닐까? 평범한 단어 몇 개 배치하여 그 안에 낙차 큰 이야기를 담아내는 것, 다시 말해 간결한 언어에 풍부한 뜻을 담아내는 게 시가 아닐까? 그런 면에서 우리는 시와 닮아 있다. 시라는 작은 그릇에 자신의 이야기를 담으려 애쓰며, 평범하고, 소박하고, 단출하지만, 단단한 삶을 살아가려 하기에 말이다.

합동시집 발간을 진행하면서 우리가 하는 일의 의미가 몇 가지 떠오른다. '각자'의 삶을 강요받고 있는 코로나 질병 시대에 이렇게 시를 매개로 무언가 '함께' 할 수 있는 자리를 마련해 보자는 것이다. 그야말로 시를 가지고, 근황을 나누고, 무슨 생각들을 하고 사는지를 이야기해 보자는 것이다. 그리고 또 하나는 이런 작업을 계기로 자신의 시 쓰기에 더욱 분발할 수 있는 동력을 얻을 수 있다는 것이다. 시골 변방에서 젊음을 격정의 세월에 다 흘려보내고, 발표는커녕 그 누구도 알아주지 않는 혼자만의 고독한 시 쓰기 작업을, 조금이나마 서로 이렇게 한자리에 모여 위안하자는 것이다.

밥 먹고 잠자고 그새 중간 열심히 일하고, 그러는 가운데 찾아온 시를 마음속에 경단 굴리듯 굴리며, 그러다 때가 되면 공책에 적고 적은 것을 꺼내 다시 고치고. 그러는 사이 삶은 더욱 깊어지고 시의 묘법을 하나하나 맛보아 음미하니, 쫓길 일도 부러워할 일도 없이 스스로 여유롭다. 그렇게 자기 취향에 맞는 시를 각자 편하게 쓰면 되는 것이다.

앞으로 일 년에 한 번 이런 합동시집을 만들어 보려고 한다.

서로 잘 아는 사이는 아니지만 시를 매개로 이렇게 합동시집 공간에 함께할 수 있음이 무엇보다 고맙고 기쁘다. 더욱이 '코로나 시대'라는 요즘에 시를 매개로 한자리에 모여 서로의 마음을 위안하고, 나아가 우리 시를 읽는 분들의 정서와 감정을 어루만져 험난한 재난의 시대를 함께 잘 헤쳐 갔으면 하는

바람이다. 책이 나올 즈음 코로나 사태가 좋아지면 시집 발간
기념의 자리를 마련하여 반가운 얼굴들이 한자리에 모여 이야
기꽃을 피워 보는 밤을 가져 보려고도 했으나, 지금으로서는
그마저 어렵게 되었다.

　하지만 그게 뭐 대수랴. 시를 쓰는 이상 우리는 시의 길을 함
께 걷는 도반이고, 그러다 보면 어느 좋은 날, 솥단지 걸어 놓
고 누런 토종닭 몇 마리 푹푹 삶아 시원한 막걸리 한 잔 같이
할 날이 오지 않겠나.

2022년 2월
모두를 대신하여 조재도가 쓰다.

차례

송창섭

임혜주

전 인

전종호

조재도

최성수

김정원

검은 호랑이

호랑이야 호랑이야 검은 호랑이야
새해 새날이 밝았구나
고요한 아침의 나라
긴긴 겨울잠에서 깨어나 포효하라
정치 경제 문화 역사 언어가
140여 년 폭으로 벌어지고
70년이 넘게
네 몸을 남북으로 가르고 있는
철망을 녹여 보습을 만들고
네 몸을 동서로 옭아매고 있는
이념을 끊어 평화를 짜거라

호랑이야 호랑이야 검은 호랑이야
임인년, 네 시대가 왔구나
지구 중심에서 늠름하게

어두운 민족사를 딛고 일어서 선포하라
정전을 지나 평화를, 분단을 넘어 통일을!
하느님이 태어날 때부터 부여한
모든 생명과 나라가 추구하는 행복,
자연과 인간의 조화로운 공생을
네게서부터 시작하라
환한 세계사를 다시 쓰는 길에
네가 앞장서라

연기

고향 농촌 마을에
외딴 초가집이 있었다

성근 싸리울로 에두른 뒤뜰에는
붉은 잎새들 떨구고 서 있는
감나무 우듬지에 까치 한 마리 앉았고

저녁이면 토방 옆 낮은 굴뚝에서
따끈따끈한 가래떡 같은
희나리의 혼백, 연기가 피어올라
깊은 마당에 푹신하게 깔리곤 했다

그때마다 초가집은
지붕 위에 게양한 초승달을 나부끼며
보송한 뭉게구름을 타고

어둠 속으로 잔잔히 떠가는 조각배였다

연기가 없었다면
어깨에 멘 꼴망태의 무게를 잃고
지나다 멈춰 서서 한참을 바라보던
소년과 마을과 초가집은
얼마나 쓸쓸했을까

차갑고 무연한
폐가처럼

영산강 따라

젊었을 때는
남에게 관대하고 나에게 엄격하라
하고 다그치며
맑고 곧은 정신으로
상류에서 급하게 달렸고

나이 들어서는
남에게 관대하고 나에게도 관대하라
하고 다독이며
깊고 넓은 품으로
하류에서 느긋이 흐른다

수채화

내가 중학교 다닐 때
미술 선생님이 말씀하셨지

운동장 느티나무 밑에서
울긋불긋한 병풍산을 그리는
나에게

원색을 쓰지 말고 팔레트에 먼저
두세 가지 색을 알맞게 섞어서
김 군이 원하는 색을 만들어 쓰라

한꺼번에 여러 색을 섞으면
색이 혼탁해지니까
특히 주의하라

진득하게 기다렸다가
도화지에 물감이 다 마른 뒤에
차분히 덧칠하라
그래야 밑그림이 산뜻하게 살아난다고

이제야 천장에 또렷이 살아나는
그 가르침

많은 사람을 만나고
꽹과리 소리 나는 말이 넘쳐흘러
공허하고 고독한 날
집에 돌아와 침상에 누워 올려다보니

사람과 말을 적게 섞고
고요한 마음으로 강산을 거닐면

내가 그리고자 하는 삶의 그림이

순간마다 발자국마다

아기 웃음같이 돋아나는 것을

분배

간밤에 수북이 쌓인 눈을 치우고
좁쌀을 듬뿍 뿌린 마당 한 구석

안심한 거리를 두고 마루에 걸터앉아
장승처럼 바라보니

참새 세 마리 날아와
재잘재잘 친구들을 부른다

잠깐 한눈판 사이 참새 아홉 마리
허겁지겁 좁쌀을 쪼아 먹는다

참새는 안다
혼자 먹으면 솔개에게 위험하다는 것을

삶이 가파르고
매서운 한겨울에도

서로 돕고 여럿이 나누면
모두 평안하고 배부르게 살 수 있다는 것을

화학 변화

내가 밥상머리에서 두 여자에게 두 번 호되게 혼나고 두 가지 버릇을 고쳤다

아주 어릴 적 아침 밥상 앞에 앉아 할아버지보다 먼저 숟가락을 든 나를 보고 어머니가 작심한 듯 꾸짖었다
"애야, 네 행동을 다른 사람들이 보면 욕한다. 버릇없는 놈, 배워먹지 못한 자식이라고. 할아버지가 숟가락을 든 다음에 네가 숟가락을 들어야 하고, 조기에 먼저 손이 가선 안 된다."
그 후로 나는 어른은 물론 친구보다 먼저 숟가락을 들거나 고기를 먹지 않았다 또한, 그들보다 먼저 숟가락을 놓고 밥상을 떠나지 않았고

혼인하고 부모를 떠나 작은 전세 아파트에서 사는 어느 날, 아내가 열심히 저녁밥을 차리는데 수저통에서 내

숟가락만 챙겨 식탁 앞에 앉은 나를 보고 어이없는 듯 비꼬았다

"참 치사하네. 배려심이라곤 눈곱만큼도 찾아볼 수가 없어. 막내라서 그래?"

그 뒤로 맏딸인 아내와 아이들의 숟가락 젓가락을 먼저 식탁 위에 가지런히 올려놓고 내 것을 챙기는 나에겐

밥상머리에서 두 여자에게 따끔하게 혼난 이 두 가지 일이 가장 큰 서러움이었고, 아직껏 이보다 더 깊이 마음에 새겨 몸에 배도록 버릇을 고친 훈육도, 인성교육도 받지 못했다

기적

눈 쌓인 섣달 초이렛날
코로나 3차 백신 주사를 맞았다

왼팔이 아파 꼼짝하지 못하는 데다가
오한까지 났다

타이레놀 두 알을 삼키고
밤잠을 설치며 누워 있으니
별안간 전두엽을 강타하는 각성

일하고 밥 먹고 잠자고
자기 몸을 자기 뜻대로 놀릴 수 있는
사소한 동작 하나가 얼마나 소중한가

기적은 하늘을 날고

물 위를 달리는 일이 아니라
날마다 땅 위를 걷고
어엿이 사는 일이고

아,
지금 여기
내가 존재하는 것이구나

교육

교육은 사랑이다
아이를 가르치는 일이 아니고
사랑하는 일이다

아이 사랑이란 무엇인가
온전히 믿고 기다려주는 일이다

겉보기에는 애 터지겠지만
애벌레가 보이지 않게 쉼 없이 조금씩 변화해
고치를 깨고 나와 나비가 될 때까지

나비가 되어 스스로 하늘을 날고
다른 나비를 사랑할 수 있을 때까지

그런 성숙한 나비가 될 수 있는 능력이

이미 애벌레 안에 있으므로

번데기도 되지 않은 시퍼런 애벌레에게
날아라, 욕심을 투영해 조급히 닦달하지 말고
오래 참으며 온 마음으로

아이를 사랑하는 일이,
삶으로 아이에게 앞길을 보여주는 일이
교육이다

자유란 무엇인가? 『자유론On Liberty』(1859)를 읽었다. 먼저, 글쓴이 존 스튜어트 밀John Stuart Mill(1806-1873)이 받은 교육을 살펴보았다. 청소년 시절까지 존은 유명한 공리주의 사상가였던 아버지 스튜어트 밀Stuart Mill에게 교육을 온전히 맡겼다.

아버지는 특이한 방법으로 아들을 교육했다. 주입식 교육을 철저히 삼갔다. 무슨 문제든 깊이 생각해서 혼자 힘으로 해결할 수 있을 때까지 기다렸다. 아들이 고생하여 문제를 이해하고 풀 수 있을 즈음이 되어서야 비로소 설명해 주었다. 아들은 여러 분야에 대한 지식을 쌓아가면서 혼자 사색하고 살아가는 법을 익혔다. 19세가 되어 아들은 '아버지 학교'를 졸업하고, 독일어를 공부하는 학생들과 독서 도론회를 조직했다. 독립적이고 독창적인 사상가로 가는 첫걸음이었다. 그러나 아버지가 심어 준 학습 자세와 정신을 잊지 않았다. '어려운 문제를 어중간히 해결해 놓고 완전히 해결한 양 생각하지 않는 것.' '전부를 다 이해하기 전까지는 그 어떤 부분도 모두 이해했다고 생각하지 않는 것.' 이런 아버지의 유산을 소중히 간직하며 성장했다.

　그러나 20세 무렵에 존 스튜어트 밀은 아버지가 지닌 철학에 반기를 들었다. 사색과 분석만이 중요한 것이 아니고, 수동적인 감수성이 능동적인 능력 못지않게 중요함을 알았다. 여러 능력 사이 알맞은 균형을 유지해야 함도 깨달았다. 그 결과 시, 음악, 미술 같은 예술이 인성을 기르는 데 필수라고 생각했다. 처음으로 워즈워스, 콜리지, 괴테가 쓴 작품들을 읽기 시작했다. 역설적이지만, 아버지에게서 받은 교육 덕분에 아버지와 다른 생각을 하게 되었다. 사람이 살아가는 동안 이성뿐만 아니라 감성이 중요한 구실을 한다는 사실을 인식했다. 마침내 아들은 아버지의 정신적 울타리에서 벗어났다.

　밀은 『자유론』에서 이렇게 강조한다. 전체 인류 가운데 단 한 사람이 다른 생각을 가졌다 해서 그 사람에게 침묵을 강요하는 일은 옳지 않다. 이것은 어떤 한 사람이 자기와 생각이 다르다고 나머지 모두에게 침묵을 강요하는 일만큼이나 용납할 수 없는 일이다. 비판과 회의를 거치지 않으면 어떤 진리라도 공허하고 독단적인 구호로 전락하고 만다. 우리는 자신에게 도움이 된다고 생각하는 방향으로 자기식대로 인생을 살아가다 일이 잘못돼 고통을 당할 수도 있다. 그러나 설령 그렇게 되더라도 자신이 선택

한 길을 가게 되면 다른 사람이 좋다고 생각하는 길로 끌려가는 것보다 종국에는 더 많은 것을 얻게 된다. 다른 사람의 자유를 박탈하거나 자유를 얻기 위한 노력을 방해하지 않는 한, 각자는 바라는 대로 자신의 삶을 꾸려 나갈 수 있어야 한다. 이것이 가장 소중한 자유다.

어떤 문제에 대해 좀 더 정확한 진리에 접근하려면 다른 생각을 지닌 사람들 의견을 들어야 한다. 나아가 다양한 처지에 있는 사람들 시각에서 그 문제를 이모저모 따져보아야 한다. 다른 사람의 생각과 자기 생각을 견주어 보아 오류를 수정하고 부족함을 보충해야 한다. 이 일을 의심쩍어하거나 망설이지 말고 오히려 습관화해야 한다. 이것이 판단에 대한 믿음을 튼튼하게 해 주는 좋은 방법이다.

민주 국가에는 질서 또는 안정을 추구하는 정당과 진보 또는 개혁을 주장하는 정당이 존재해야 한다. 새의 양쪽 날개처럼, 건전한 정당들이 서로 견제하고 균형을 이루면서 자유를 추구할 때, 민주주의는 앞으로 나아간다. 상반된 인식 틀은 각기 상대 정당이 지닌 한계 때문에 존재한다. 상대편이 존재하기 때문에 양편 다 건강한 이성과 정신을 유지하고 발전한다.

『자유론』의 마지막 장을 덮고, 조용히 눈 감은 나에게 존 스튜어트 밀이 말한다. 네 삶을 설계하고 선택하는 주체가 되어, 타고난 모든 능력을 발휘해 하고픈 일을 해라. 다른 사람에게 해를 끼치지 않는 한, 그 자유를 누려라. 행복한 등산(삶)을 위해, 방향이 옳다면, 무등산을 오르는 경로와 방법은 네가 선택하라. 가파른 길로 단숨에 오를 수도 있고, 완만한 길로 천천히 오를 수도 있다. 제3의 길도 있다. 이것이 개별성이며, 방종이 아닌, 방향을 전제한 자유다!

박용주

당나귀처럼

말들은 다 어디로 갔을까
그 많은 말들은 모두 어디로 간 걸까
화성으로?
금성으로?
광장의 말들이 사라졌어
부리망 씌워 잠시 어딘가 보낸 거야
신神은 예전에도 그랬어
종종 알 수 없는 메시지를 보냈지
착한 욥에게도 그랬잖아
그리고 언제나 소리없이 이르셨지
뜨거운 태양, 푸른 숲, 풋풋한 대지의 얼굴로
조곤조곤 말이지
그분은 평온한 우주를 좋아했거든
시끄러운 것은 원래 싫어했어
오죽하면 행성으로 보냈을까

너무 걱정하지 않아도 돼
미세먼지 걷히면 금세 부를 거야
그러는 분이거든
흰 말이든 검은 말이든
아무튼, 말잔치 끝내고 돌아올 땐 부리망 꼭 쓰고
들길로 조붓이 걸어와야 해
당나귀처럼 말이지.

붉은어깨도요

  손바닥만한 날개로 러시아 툰드라를 떠나 알래스카를 거쳐 일만 킬로를 일곱 밤낮 먹지도 자지도 않고 날아와 새만금 갯벌 갯지렁이로 굶주린 배를 채우고는 지체 없이 뉴질랜드로 날아가는 붉은어깨도요 이야기를 들어본 적 있니? 일곱 밤낮 먹지도 자지도 않고 일만 킬로를 날아와 새만금 갯벌을 덮은 빛나는 플라스틱 조각으로 굶주린 배를 채우고 하늘로 떠난 붉은어깨도요 이야기를 들어본 적이 있니? 날아온 툰드라를, 날아갈 뉴질랜드를 끝내 새만금에 묻은 붉은어깨도요 이야기를 들어본 적이 있니? 일만 킬로를 날아와 잃어버린 새만금 일만 시간을 찾아 붉은 노을로 피덕이는 붉은어깨도요, 서러운 영혼의 이야기를 들어본 적이 있니?

길양이 악동惡童

새벽마다 앞마당에 누런 똥을 누고 갔네
흙으로 똥을 얼른 덮어놓고 가는 악동
볼일 마치면 느긋이 기지개를 펴고
세수까지 마치고
뽀얀 낯으로 돌아가는 도도한 자유自由
내게 질투가 들끓었네
복수를 결심했지
그가 질색하는 오렌지를 뿌려 놓았네
아랑곳하지 않더군
이튿날은 그가 증오하는 울타리를 쳤네
소용없었지
이튿날은 차라리 모래 뒷간을 지어 주었네
마을이 유난히 고요하던 그 날 아침
불길한 예감이 화살처럼 날아와
나는 악동을 찾아 부리나케 집을 나섰지

오, 나는 몇 발짝을 가지 않았네
동구 밖 길 가운데 혼곤히 누운 악동
평화로운 얼굴 위로 쏟아지는 태양
나는 가슴을 두드렸네
하루를 못 기다리고 떠난 악동
채 식지 않은 똥 무덤 위로 김은 피어오르는데
오, 악동, 악똥.

고라니는 누울 곳을 가리지 않는다

반듯하게 포갠 두 손
감은 듯 뜬 듯한 두 눈
붉은 장미를 물고 있는 입
잔등에는 윤기 자르르 흐르는데
늘씬한 다리와 뽀얀 허벅지는 보이질 않네
금계국 산여울 넘어온 태양이
조막만한 얼굴로 쏟아지는 정오
끓어오르는 아스팔트 위
선혈 주단을 깔고 누운 칠월의 보헤미안.

멧돼지 다녀갔네

간밤에 다녀갔구나
고구마가 그리 맛있더냐
불도 안 켜고 급히 먹느라 체하진 않았니
깨우지 그랬니
안 그래도 요즘 잠이 안 온다
이다음엔 낮에 오너라
너나 나나 산 것끼리 낯가릴 것 있니
먹거리 떨어지면 말해라
언제 온다 하든지
방금 왔다 하든지
고구마니 옥수수니 날로 먹어 속은 괜찮니
지난 번 보니 너 새끼 가졌더라
몸조리 잘해야지
너도 우리가 어렵겠지만
우리도 은밀한 네 발자국 늘 힘들다

곳벼랑에서 나와 불쑥 찾아오면 모두 놀란다
쑥대밭 만들고 도망치는 녀석 이름이라도 알아야겠다
하긴, 너 정도면 구여운 거지
깎고 파고 뚫는 걸 보면
사람들, 딱 하루 살다 갈 종種들이다
괜찮다, 가슴 좍 펴고 다니고
새끼 주루룩 낳아 잘 기르거라.

하여튼

황홀한 계절 사월, 유박이며 축분이며
홍매 황후에게 조공을 바치고
흠 없이 아름다운 그녀에게
한없는 찬사를 올리면
흐뭇한 미소로 화답하는 그녀
훈향薰香을 온 누리에 뿌리며
행복해요, 내가 아랫것 하나는 정말 잘 두었어요
하는, 사이에 나는 노란 민들레, 꾹
한참 지근지근 밟고 있었네
하여튼, 그렇게 살아온 거지
하나에 꽂히면 딴 것 전혀 보지 못하는,
하늘 높은 곳에 두 눈 박고 산 시간
힘없고 작은 것들은
하루에도 몇이나 험한 발굽에 으스러졌을지
하잘것없는 것들 눈에 들어오지 않은

허구한 시간

하여튼, 퍼뜩 발을 떼고서야 그제야 들어온.

뮤즈 1

안달복달 해봐야 늘 나만 속이 탔다
한동안 모른 척하며 지내기로 했다
그날도 그녀를 보지 못했다
벌써 며칠 째였다
은둔을 즐기는 것은 알았지만 이건 아니지 싶어
작심하고 찾아보기로 했다
그녀가 처박혀 있던 곳들을 뒤졌다
허리를 구부리고 머리를 숙인 채 기어들어가
헛간 뒷간 외양간을 다 헤집었다
형사처럼 샅샅이 뒤졌으나 여전히 허탕이었다
투덜대며 나왔다
이젠 끝내려니 하고 헛헛한 들판을 걸었다
순간, 논두렁에 앉아있는 그녀를 놓치지 않고 보았다
분명 그녀였다
꺼이꺼이 울고 있었다

곁에는 리데나*를 뒤집어쓴 두루미
두루미는 부채 같은 날개를 한참 퍼덕이다가
꿀렁꿀렁, 몇 차례 괴음怪音을 지르더니 툭, 고개를 떨
궜다
뮤즈의 울음소리도 곧 그쳤다
함께 혼절昏絶하고 있었다.

* 검은색의 경운기 엔진 미션오일

뮤즈 2

오랫동안 나는 그녀의 머릿결을, 그녀의 얼굴을
그녀의 가슴을 응시했어
사랑은 늘 거기 있는 줄 알았어
아니었어
언젠가 야트막한 황토 언덕 아래
초라한 집 주위를 배회하는 무엇을 발견한 거야
외로움을 본 거야
깜짝 놀랐어
그녀는 언제나 저 높은 곳에서 불타는 줄 알았어
아니었어
나는 보았어
낯설고 음습한 곳에 있었어
그날 나는 머리에서 얼굴로, 얼굴에서 가슴으로,
가슴에서 배꼽으로, 배꼽에서 마침내 자궁으로 내려갔어.

시詩 쓰는 일, 시시한 일이다. 시 쓰는 이들, 시답지 않은 이들이다. 냉소冷笑가 스멀스멀 올라오던 지난 몇 해 힘들었다. 까닭을 안 것은 홍성군 홍동면 직장에서 일하던 때였다. '앎'보다 '삶'이란 단어를 좋아하는 이들과 함께 지내는 동안. '겉보리 같은' 일상을 즐기고, 거친 들판과 생명들을 아끼는 이들, 때로 거대 도시를 점잖게 혼내는 이들을 보았다. 자긍自矜과 자학自虐 사이를 오랫동안 줄타기 하던 내 시의 허물을 마음 먹고 벗겨야 했다. 아이러니하게도 '벗기는 일'을 제대로 도와준 것은 코로나19였다. 그가 어디서 왔는지, 무얼 하러 왔는지, 왜 내 곁에 이토록 징하게 머무는지, 끝내 나와 함께 죽겠다는 건지… 그들의 모호模糊한 언어가 주는 공황장애. 본질로의 회귀가 필요했다.

그 즈음에 나는 '사건'을 겪었다. 지루한 시절을 벗고 싶은 마음에 고속도로를 150 킬로로 질주하던 내 차를 느닷없이 들이박고 쓰러진 고라니, 긴 시간 그 잔상으로 힘들었다. 그리고 가라앉을 만한 시간이 지날 때쯤 내 속에 꿈

틀꿈틀 올라오는 '하심下心'이 있었다.

그리고 시詩 쓰는 일은 나에게 더는 시시한 일이 아니었다. 시 쓰는 이들, 시답지 않은 이들이 아니었다. '작고 가녀린 것들'이 하나둘 보이기 시작했다. 땅을 달리는 것도, 하늘을 나는 것도, 달리다 고꾸라지는 것도, 날다 떨어지는 것도 보였다.

편안해졌다. 여기 몇 편의 시들은 그런 것들이다. 별것 아니다. 시시한, 작고 가녀린 것들. 앞으로 얼마간은 그렇게 갈 것이다.

박우현

봄 봄

매화꽃이 봄의 눈이라면
살구꽃이 봄의 귀라면
꽃다지는 봄의 손톱쯤 되랴
꽃마리는 봄의 발톱쯤 되랴
하찮은 신체가 없듯이
하찮은 꽃도 없다
아이들이야 말해 무엇하리
눈물꽃 정인이
보고 싶구나
봄 봄
봄의 길섶에서

여든

지하철을 타고 시내로 가는 길
한 떼의 할매들이 성당못역에서 올라 타신다
자리를 양보하고 서서
그들의 얼굴을 차례로 바라본다
오래된 다기잔에 나 있는 금 같은 자글자글한 주름살
이가 빠져 합죽한 입, 새하얀 머리, 줄어진 키
파도에 닳은 동글동글한 조약돌
갑자기 날아온 한 무리 흰머리오목눈이
모두 여든은 넘어 보인다
신기하게도 모두 다 들꽃같이 귀엽다
주름살이 많을수록 더 귀엽다
웃는 얼굴은 더 더욱 귀엽다
어디 그들뿐이랴
내가 본 여든이 넘은 할매들은 거의 그랬다
여든은 넘어야 할매가 된다

뻥덕어미도 할매가 되면 귀여워지리
여든,
여자가 다시 꽃이 되는 나이

길고양이처럼

아파트 경로당 지붕 위는 그들의 놀이터
걸어다니는 놈, 가만히 앉아 쉬는 놈, 사랑을 나누는 놈
유유자적이다
걱정이 보이지 않는다
우울이 보이지 않는다
生의 고수들
生은 저렇게 살아야 할지도 모른다
길고양이가 하는 것은 딱 3가지
먹는 것
자는 것
사랑하는 것
재미있는 쉐이들이야
팔자 좋은 넘들이야
더러는 로드킬 당하지만
더러는 배가 고파 울지만

배만 채워진다면

천상병류 혹은

에피쿠로스학파의 살아남은 후예들이 틀림없어 보인다

모두는 우연히 우주에서 왔다가 우연히 우주로 사라진다

그 사이를 저렇게 온전히 生을 즐길 수 있다면

여차

거울 파카 입은 거제도 여차몽돌해수욕장
파도와 몽돌이 만나는 소리를 달팽이 닮은
군소 한 마리가 듣고 있었다
차르르 차르르
휘파람을 불고 있었다
봄이 오고 있었다
여덟 개의 섬으로 된 병대도 앞까지 봄이 와 있었다
밀물이 썰물로 바뀌고 있었다
시절인연 하나 끝나가고 있었다
밀려간 파도는 다시 돌아올까
광대나물과 봄까치풀이 발치에서
작은 눈 뜨고 바라보고 있었다

어떤 사과

산 초입에서 만난 새
친구가 그 이름을 묻는다
직박구리라고 대답하고
제일 못생긴 새, 울음소리도 이쁘지 않다고 하다가
아차 했다
내가 한 소리를 직박구리도 들었을 것이다
옆에 있던 상수리나무, 애기똥풀도 들었을 것이다
황희 정승의 소는 아니지만
내 편견도 편견이거니와
새 면전에서 할 소리는 더구나 아니었다
꽁지를 보이며 날아가는 그에게
무조건 사과했다
변명할 여지가 없었다

양산이 지구를 살린다

비올 때 우산 쓰는 것처럼
태양이 이글거릴 때 양산 쓰는 것
이보다 자연스러운 일 어디 있으랴
양산이 지구를 살린다

양산 쓰면
자다가도 떡이 생긴다
1타10피는 기본
일단 시원하고
얼굴 타지 않고
땀을 적게 흘리고
칙칙한 선크림 안 발라도 되고
스콜 같은 소나기 만나도 우산 걱정 필요없고
간지나는 패션 아이템이 되기도 하고
대구, 그 사우나 같은 여름 날씨도 견디게 하고

때로는 보고 싶지 않은 분 얼굴도 가릴 수 있고
선풍기, 에어컨, 세탁기, 에어드레서 덜 돌려
전기 소모를 줄이니 경제적이고
요즘 시대 대세어인 탄소중립에 기여하리니

또 뭐가 있을까요
남자분들, 양산 좀 씁시다
양산이 지구를 웃게 합니다

니가 왜 거기서 나와

영남 알프스 재약산
정상 바위 틈에
키작은 별꽃아재비 하나
자잘한 흰꽃을 피우고 있다
열대아메리카 원산의 귀화식물
개화 시기는 6~8월

여기는 해발 1108m
그것도 10월 하순에
놀라워라!

60에 대하여
– 환갑을 맞은 신대환에게

60이라는 나이

묘하다

어쩌면 늙은 나이

어쩌면 젊고도 젊은 나이

선뜻 받고 싶지 않지만

기어이 찾아오는 나이

50대가 무서워하는 나이

70대가 무척 부러워하는 나이

등산하기 좋은 나이

늙어본 사람만이 아는 나이

살다보면 무지 괜찮은 나이

세상 모든 공부하기 좋은 나이

더 이상 속지 말아야 하는 나이

하여 누군가의 말처럼

어떻게 살아왔든

오래 살수록 인생이 더 아름다워지기를

1

토요일 오후, 나는 오늘도 천산대학으로 등교한다.

11월 중순이라 별로 기대를 하지 않았는데 의외로 볼거리가 많다. 솔수펑이가 끝나는 지점에서 제일 먼저 백설기같이 흰 구절초 한 송이가 나를 반긴다. 청초하고 끼끗하다. 스마트폰으로 사진을 찍는다. 제1봉우리 쪽으로 길을 잡는다. 막 단풍들기 시작하는 큰까치수염, 이제 끝물인 개쑥부쟁이와 분홍서나물, 철없이 피어난 보라색의 제비꽃과 흰 제비꽃, 찔레와 구분하기 쉽지 않은 돌가시나무 열매가 나의 발걸음을 잡고는 쉽게 놔주지 않는다.

내게 천산대학이란 학산(대구 달서구 소재 야산, 3개의 봉우리가 있다)의 다른 이름이다. 사연인 즉슨 이렇다. 몇 해 전 신문을 보니 '천산대학 졸업'이라는 제목하에 모대학 교수가 우리나라에 있는 천 개의 산을 올랐다는 기사가 나와 있었다. 일주일에 한 번 산에 간다 하더라도 최소 20년은 투자해야 달성 가능한 숫자 아닌가. 스크랩을 하면서 그분처럼 그렇게 할 자신은 없었지만 나도 나만의 천산대학을 만들고 싶다는 생각이 들었다. 그리고 오래지 않아 나의 천산대학은 우리집 바로 옆에 있는 학산을 1000번 오르는 것으로 정해졌다. 한 학년의 기준은 250번. 가령 700번 올랐다면 3학년이다. 그 전에도 더러 학산에 올랐지만 본격적으로 최근 몇 년 동안 1000번 이상 올랐기에 지금 나는 천산대학 석사과정에 재학 중인 셈이다. 앞으로 박사과정과 평생교육 과정도 기꺼이 밟게 될 것이다.

천산대학의 매력은 무수히 많지만 몇 가지만 들어본다. 먼저, 등록금이 들지 않는다. 반액등록금도 아니고 졸업할 때까지 한 푼도 들지 않는다. 등산화 값만 있으면 된다. 둘째, 일 년 365일 언제나 열려 있는 학교다. 야간수업도 얼마든지 가능하게 되어 있다. 셋째, 강의는 내 마음대로 선택하고 듣는다. 어떤 지시나 강요가 없는 자유의 대학이다. 넷째, 가야·신라 시대 토기 이징가미를 수시로 만날 수 있다. 이미도 그릇을 굽는 가마터가 있었던 모양이다. 이것을 수집하는 재미가 솔솔하다. 그것들은 고대로 가는 상상의 타임머신이 되기도 한다. 다섯째, 언제나 식물 공부를 할 수 있다는 점이다. 작고 격리된 산이지만 해마다 새로운 종을 선보이며, 어떤 식물을 사시사철 계속 관

찰할 수 있게 해 준다. 여섯째, 천산대학은 시상을 떠오르
게도 한다. 시상은 주로 혼자 길을 걸을 때 떠오른다. 행복
을 맛보는 순금의 시간이다. 마지막으로 건강은 덤이다.
천산대학은 나의 평생 주치의다. 천산대학은 돈이 없어도
뜻만 있으면 갈 수 있는 대학이다. 스스로 가고 스스로 배
우는 대학이다. 같은 산을 계속 가는 것은 단조롭고 재미
가 떨어지는 측면이 분명히 있다. 하지만 내가 원할 때 언
제나 갈 수 있는 산이 가까이 있다는 것은 요즘 같은 '피로
사회'에 얼마나 큰 축복인지 모른다.

2

"시인이 완성한 시가 모두 좋은 시는 아닙니다. 시인이
완성한 완벽한 시는 대부분 독자의 개입을 차단합니다.
이때 시와 독자는 수직적이고 일방향적인 관계에 놓입니
다. 이때 독자는 2차적 존재입니다. 요즘 제가 쓰려고 하
는 시는 '덜 쓴 시'입니다. 독자에게 여지를 남겨 놓는 미완
의 시, 독자가 새로 쓸 수 있도록 '촉발'하는 열려 있는 시,
그리하여 시가 독자 안에서 다시 살아난다면 독자 자신
은 물론 시와 시인에게도 축복일 것입니다."(2021년 정지용
문학상을 받은 이문재 시인의 수상소감 - 한겨레신문 최재봉의 탐

문에서 재인용)

　내가 읽어 본 시론 중 가장 공감 가는 시론이다. 별로 덧붙일 말이 없다. 나도 이런 시를 쓰고 싶다.

송창섭

유자나무 유자 몇 알

유자나무 가지에 유자 몇 알
마알간 얼굴을 한 땀 노랗게 한 땀 감침질하며
볕살에 그을린 머릿결을 쓸어 올린다

몸의 고갱이 파고들던 바람 흩어지고
손톱달 보며 개 짖는 소리에 계절은 바뀌어

외아들 앞세운 칠산댁이 가슴팍 후려치며 곡성하던
그 어느 날
부질없이 오래 살았나 하는 생각이 돌발처럼 일어나는데

날이 차가워지면서 오가는 걸음 뜸하고
노오란 턱이 조금씩 눅눅해지더니 거무스레해지더니

울 곁에 목을 뺀 유자나무

가지 끝이 겨운 듯

겨운 듯 유자 몇 알

밤재

산동면사무소에 차를 두고

세찬 바람으로 머리가 하얀 새벽
점방 문은 닫혀 말 한마디 비빌 데 없는

우시장이 섰을 장터를 찾아
서툰 걸음 재며 두리번거린다

마을끼리 이어 주는 좁다란 길 그새 한적하고
흘러야 할 저수지 물은 정자를 두고
꾸덕꾸덕 말라 버렸다

꽃무릇이 영글 때를 맞춰
계곡물을 수정水晶이라 불러도
누가 나서서 어쩔 일은 아니겠다

물까치가 머문 잎겨드랑이 사이로
호우의 할퀸 자국이 또렷하고
절개지의 맨살은 깊이깊이 곪아 간다

가풀막을 오르는데

흙의 마른 각질은 홀홀 일어나고
숨이 턱을 몰아낸다

'밤재 해발 490M'

이제 한고비 지났다며
신발끈 옥죄려고 허리를 굽히자

햇살로 반짝이는 오후가
늘어진다

돌은 비옷을 입지 않는다

붉은순나무 옆에 돌 하나 놓여 있습니다
돌은 팔다리가 둥글고 서글서글해 보입니다
간섭 받거나 감시당한 흔적이 없습니다
뿌리를 가진 흔적이 없습니다

주위는 환하고 흥미로운 일로 가득합니다

커피를 타다가 한눈파는 일이 생깁니다
한눈팔다가 커피를 엎질러 급히 자리를 비웁니다
집중하기가 싫어 산만해지려는 이유입니다

이상하게 들리겠지만 내가 쫌 그렇습니다

양말을 채 신지 않고 구두칼을 갖다 댑니다
나쁜 습관이라 지적하지만 쓸모 있는 기회라고 웅얼거

립니다

　이끼 위에 소엽풍란을 품은 돌은 망부석 그림과 겹칩니다

　낮달이 보이는 다락방에서 멍청해지는 순간이 싫지는 않습니다

　편지를 쓰다가 쪽창에 걸린 풍경에 눈을 맞춥니다

　붉은순나무 하나는 돌 옆에 그대로 있습니다

　돌은 작지만 뼛속까지 작지는 않다는 신문 기사 괜찮을까요

　지금 생각해도 다행입니다

　배가 고프면 나는 때를 놓치거나 손금을 긁습니다

돌은 밥을 안치지 않고 대신 잉걸불을 뒤적입니다
쪼그려 앉아 소량의 물을 먹기도 합니다
양념을 쓰지 않고 맛을 내려는 고집에 발목이 접질릴
때가 있습니다

그렇습니다
돌은 바람이 밀려와도 비옷을 입지 않습니다

애꿎은 날이 빚은 여러 표징들

흐렸다가 오후 늦게부터 차츰 흐렸다가

저기압이 다가오면서 비가 퍼붓겠다는 새벽까지 퍼붓
겠다는

기상 캐스터의 토씨로 분석한
북태평양 상공의 폭우에 대한 자음과 모음의 표징들

흔치 않은 사건이라며 서두르던 담당 기자의 보고서에는

시렁에 놓인 술잔의 술이
밀폐된 지하의 부족한 산소를 대신 메워 줄 거라는
주술

솔가리가 수북한 임도를 시멘트로 덮을 무렵

싸락눈은 사라지기 전에 입양될 거라는
전봇대에 붙인 '즉시 대출' 같은
불안

머잖아 구새먹은 장미에서
꽃봉오리가 부풀어오를 거라는 생뚱스러운
기대

기압골이 내세운 충분치 않은 이력 하나로
어긋난 예보가 악플에 시달리는 사이
애꿎은 시민들은 거듭 헛발질만 한다며

소설 小雪

지난 해 11월에 있었던 이야기입니다

주머니를 만지작거리던 손끝에서
시장기가 도집니다

지금쯤이면 시장통에서는
흑설탕 밴 호떡을 팔 지도 모릅니다

마당에 둔 밑이 둥근 절구를 보다가
곁눈질하는 버릇이 생겼습니다

그새 자란 남천은 기온이 떨어질수록
작고 붉은 열매로 새를 불러들였고

나뭇잎 지는 일이 예사롭지 않아

운명이 그와 같을 것이란 얘기로 전화를 끊었습니다

코스모스를 두고 미쳤다는 아낙의 푸념이
남의 일 같지 않아 걱정입니다

개울 물소리가 누그러지길 기다려
옷을 꿰입고 산을 올랐습니다

길섶 고라니가 화들짝 뛰는 바람에
황망히 놀랬지만 놈은 더했을 겁니다

버리듯 등지는 뒷산 마루의 그림자에
때 이른 눈이라도 쥐어 보내면
그래도 조금은 마음이 놓일 것입니다

미련이 문제겠지만 새롭지 않다는 느낌
은 들어

허공의 것은 모두 소멸한다,
는 문장을 마을 이름으로 삼은 마을이 있다는데

끄는 힘도 그렇고 무언가 있어 보이기는 해
그치만 새롭지는 않다는 느낌

하얀 색이 맞겠다 싶은 9층 병동 좁다란 침실은
누울 때마다 죽음과 삶이 공존하는 터미널 같았어

사는 게 그렇지 뭐, 말들 하지만

용기라고 해 봐야 고작 불끈 쥔 주먹손을 내미는 거

마음이 착잡하다, 썼다간 지우고 또 쓰고 또 또
미련을 갖는다는 게 늘 문제지만

어쭙잖은 글로 마감하지는 않으려고

기울기에 맞춰 강둑을 걸었는데 기억이 없어
손해 볼 짓은 아니라 해도 모든 사물이 휑해

무엇을 질문했는지 그게 왜 궁금했는지 모르겠어
쪼끔이라도 떠오르는 게 있다면 좋을 텐데
아는 게 없으니 사람이 그냥 실없어져

염소 다섯 마리

폐전이나 다름없는 길옆 노지
염소는 뭐가 좋아 나무 말뚝을 박고는
내리 삼대에 걸쳐 바동거리나

길옆을 지나다

미세 먼지가 떠다니는 언덕 위로

물구름보다 높이 오르는 파릇한 목청을 보았지
낯선 빛깔의 슬픔을 보았지

눈언저리를 타고 내린 꽉 마른 눈물자국
동그마한 눈길로 인간과의 거리를 경계하는
물비늘 문양의 검은 머릿결 염소

어디선가 마주한 적 있는

서로 닮은 구석이 있는

달라도 같은 거

풀을 뜯어 갈증을 풀다가 주억거리며
몸에 돋아난 광택을 핥다가 일렁이는 바람에
예민한 눈꼬리를 돌리는 염소

생존 공간에는 팍팍한 황토 흙이 나뒹굴고
새알 같은 똥들은 철없이 새까맣게 엉겨붙어

내버려 두면 한시름 더는 것을

산다는 거와 떠난다는 거

한끗 차이임을 해거름녘이 보여주는 갯가에서

.

작장리방파제

물살이 짙은 바다에서
막 그물 손질을 끝낸 외국인 노동자 서넛

담배를 꺼내 문다

때 절고 삐뚤한 쪽지글 위로
희끄무레한 연기는 피어오르고

햇살 동안에 잊었던 추위가 옷깃을 저미는데

밧줄로 동여맨 어선 시이를

유영하는 쇠오리 한 마리 세 마리

방파제 끄트머리에 두 마리 또 세 마리

가까이 가다가 숨소리마저 놀랄까

다소곳이 뒷걸음질친다

아침에 눈을 뜹니다. 천장을 보며 살아 있음을 확인합니다. 어제와 같은 오늘이 아님을 깨닫습니다. 주어진 나날을 허투루 보낼 수 없는 이유입니다. 이불 속에서 몸을 이리저리 뒤척입니다. 가볍게 몸을 풀어 봅니다. 좌우로 몸을 굴렀다가 팔을 쭉 뻗고 다리를 들었다가 꼽니다. 잠에서 덜 깬 세포들을 하나씩 일깨웁니다. 무릎을 주무르고 목과 허리가 유연해지면 머리맡에 둔 책을 펼칩니다. 시 한 편을 두세 번 읽고 음미하며 잠시 흐트러진 생각들을 사금파리 모으듯 차근차근 포개고 가지런히 정리합니다.

거리로 나섭니다. 누리를 비추는 햇살이 싱그럽습니다. 담장이 반짝이고 참새들이 은목서에서 동백나무 가지로 떼 지어 날아듭니다. 전봇대 꼭대기에 까치도 보이고 숲속 멧비둘기의 울음소리도 심상치 않습니다. 그렇게 한 걸음 한 걸음 간물질을 내딛으며 바닷가를 향합니다.

우리나라는 삼면이 바다와 닿아 갯마을이 많고 크고 작은 항구가 많습니다. 바닷가 길을 걸으면 탁 트인 먼 바다와 변화무쌍한 하늘이 몸과 마음, 영혼을 맑게 정화해 줍니다. 벼룻길 아래로 바위를 때리며 쉼 없이 오고 가는 파도의 거친 물질을 봅니다. 덱 로드를 지나고 돌길을 밟으며 올망졸망 떠 있는 섬들을 만납니다. 몽돌해수욕장에 이르면 크고 작은 둥근 자갈의 매력에 흠뻑 취합니다. 묵묵한 돌들 앞에서 인간의 나불대는 세 치 혀와 무지의 가벼움을 떠올리며 숙연해집니다.

시골에서 흙을 밟고 흙을 만지고 흙을 마시며 사는 이들을 만나면 삶을 반기는 인사가 정겹습니다. "아주머니, 캐는 시금치가 너무 좋습니다. 할머니 날이 차가운데 일 그만하시고 이제 들어가서 쉬세요. 아저씨 반갑습니다. 건강하세요." 스쳐 가는 길손이 툭 던지는 한두 마디도 놓치지 않고 웃는 얼굴로 맞장구쳐 주십니다. "고맙습니더이. 어디서 왔능교? 눈고 잘 모르겠는데. 고추 쫌 따아 가소아아. 여어 삶은 감자 있으이 쫌 묵고 가소." 콸콸 넘치는 이 정분을 어쩌겠습니까.

시간이 꽤 흘렀습니다. 어느새 해가 뉘엿뉘엿 기울기 시작합니다. 바다 저 멀리 떠 있는 선박에 불빛이 들면서 존재감을 드러냅니다. 예계마을, 다랭이마을, 설리마을, 마을마다 어귀의 가로등을 밝히며 하루일 뒷갈망에 함께합니다.

저기 앞에 보이는 방파제를 끝으로 오늘 여정을 접을까

합니다. 가까이 다가가니 방파제가 작고 소담스럽습니다. 작장리방파제입니다. 왼편과 오른편이 기역 자 모양으로 꺾인 채 끝이 어긋나 있습니다. 거센 물결로부터 선박을 보호하기 위한 슬기로운 장치로 보입니다.

한쪽에 몇몇 사람이 앉거나 서 있습니다. 찢어지고 해진 그물 손질을 방금 전에 끝내고 막 담배를 꺼내 피우는 외국인 노동자였습니다. 멀리 고향을 떠나 자신과 가족의 행복을 위해 이국땅에서 일을 하는 젊은 친구들이었습니다. 돈을 벌기 위해 노동을 하는 그들이지만 그들 가슴엔 피붙이들을 잊지 못하는 그리움의 사연이 새겨져 있습니다. 손때 기름때 갯비린내가 묻은 꼬깃꼬깃한 쪽지는 붙이지 못하고 오래전부터 간직한 애틋한 사랑의 편지입니다. 처진 어깨너머로 타향살이의 서글픔이 흐르는 듯해 그만 고개를 돌렸습니다.

그들 발밑에는 일렁이는 물결에 몸을 맡긴 작은 어선들이 나란히 서 있습니다. 어선들은 굵은 동아줄로 서로를 얽어매고 있습니다. 서로에게 의지하고 신뢰하는 운명의 공동체임을 보여줍니다. 그 틈새를 놓치지 않고 물 가름을 하며 평온하게 유영하는 쇠오리가 동공에 포착됩니다. 처음에 본 녀석들 말고도 여기저기에 노니는 녀석들이 더 있습니다. 무슨 숨바꼭질이나 하는 건 아닌지 재미있고

신기합니다. 유유한 몸놀림에 가려 보이지는 않지만 물 아래에서 꼼지락거리는 오리의 발질은 매우 분주할 겁니다.

작은 항구에서 일어나는 생명들의 이야기에 넋을 놓고 있을 즈음 외국인 노동자들은 짐을 챙겨 어디론가 자리를 떴습니다. 불식 간에 달이 뜨고 달빛이 엮은 아름다운 윤슬이 시선을 끕니다. 반짝거리는 잔물결 위로 쇠오리는 자유로운 영혼이 되어 유영을 즐깁니다. 이런 풍경을 한참 바라보다가 나는 제풀에 놀랍니다. 숨죽여 쇠오리의 놀음을 은밀히 보던 모습을 잠시 망각했기 때문입니다. 녀석들이 놀라 항구를 떠나기라도 하면 그 송구함을 무엇으로도 보상해 줄 길이 없습니다. 인간은 자연의 미미한 일부임을 부정할 수 없습니다. 자연과 공존하고 자연을 위하는 일은 자연을 있는 그대로 두는 일입니다. 지금껏 자행한 인간의 속성을 거두고 아름답고 평화로운 미래를 위해서는 자연을 더 이상 훼손하며 아픈 상처를 주는 일은 끊어야 합니다. 그 길이 인간과 모든 생명체들을 보호하고 보존하는 유일한 해방구입니다.

방파제는 어느새 검은 미사포를 쓰고 기도하는 소녀인 듯 어둠에 잠깁니다. 행여 마음 다칠까 발꿈치를 들어 쇠오리 떼를 뒤로 하고 걸음을 돌립니다. 하룻날 겪은 갖가지 영상들이 밤하늘의 별처럼 흐르기도 하고 멈추기도 합

니다. 어느 누구에게라도 생生은 어여쁘고 고운 나들이가
되었으면 참 좋겠다, 하는 바람을 마음에 간직합니다.

임혜주

어둠은 어떻게 새벽이 되는가

그늘을 캐다

돌과 눈

흐린 가을날 아침이었습니다

밑간

동지

처서

고요 속에 있는 것

■ 산문

어둠은 어떻게 새벽이 되는가

어둠 속에서 새벽이 오는 것을 보았다
어둠이 어떻게 물러나는가를 찬찬히 보았다

유리창이 내 얼굴을 꽉 붙들고 있었다
내 눈에 비치는 내 눈

세숫대야에 얼굴을 담그고 있는 것처럼
어둠 속에 얼굴을 담그고 있었다

어둠은 꼼짝없이 그 자리에 가만히 있더니
서서히 내 얼굴을 풀어 놓아 주었다

돌아서서 검은 얼굴을 씻는다
묻어나지 않는 어둠
얼굴을 훑어도 손에는 아무 색도 없다

아무리 뚫어져라 보고 있어도

어둠이 물러나는 그 처음을 볼 수는 없었다

그늘을 캐다

매화나무가 그늘을 드리워줘서
네 상심을 조금 캘 수 있었다

수보리야 부처를 보았다 할 수 있느냐
후우 호로롱
새 울음 몇 마디 얹고

일렁이는 달맞이 분홍 바람도
함께 올려서
대야에 담는다

왼손 끝에 딸려 나오는
자잘한 꽃망울들

상심이 이런 꽃이었단 말이냐

호미를 풀밭에 버려 두고 일어나니
아찔한 햇빛 속이다

돌과 눈

눈 내린다

마당이 하얗다

징검돌만 드러나 있다

돌은 풀보다 따뜻한가

눈은 꽃잎보다 가벼운가

징검징검, 닿자마자

얇은 알약 혓바닥에 녹듯

서서히 들어간다

사분사분

흰 이마를 버리고

눈,

눈,

눈은

가장 가볍게

가장 무거운 속을 녹이려 들어가신다

흐린 가을날 아침이었습니다

마늘밭 가장자리에 둥그런 호박이 놓여 있습니다 조금은 바랜 낯빛, 까끌하고 노르스름한 덤불 아래입니다 무른 햇빛이 입술을 모으고 조용히 들어오고 있습니다 드문드문한 호박꽃, 꽃진 자리마다 꼭 호박이 열리지는 않나 봅니다 미나리가 도랑 위로 차오르고 어제 흘린 음식 쓰레기 흔적이 남았습니다 들쥐들이 먹고, 고라니가 먹고, 꿩이 먹다 남은 찌꺼기 옆으로 새 한 마리 비늘처럼 눈을 감고 죽어 있네요 회색 뒷날개로 몸을 반쯤 덮고 있는, 스스로 마련한 그 절명의 자세 앞에 한참을 서 있었습니다 잎사귀를 사위듯 하늘의 것을 하나씩 지워가는 창공의 일이었습니다

동지

어둠이란 게 조금씩 일찍 왔다가 쉽사리 깨어나지 못했네 동지라 했나, 대숲 새들이 여러 번 우짖고 난 후에야 서리 낀 얼굴을 하고 조금씩 밝아지곤 했지 아직 의미는 발굴되지 않았어 좀 서둘러야겠어 내게 주어진 시간은 그리 많지 않다는 걸 자꾸 까먹곤 해 영원히 살 것처럼 암 환자를 슬퍼했지 돌을 땅속에 묻어두고 부피 팽창을 기다리던 어린 시절이 있었어 아마도 그것은 흰 조약돌이었는데 묻어두면 점점 자란다고 했던가 돌이 식물처럼 자랄 수 있다니, 풍문을 믿고 희망을 만들던 시절이었지 팥물이 끓고, 새알이 물렁한 행성처럼 떠오르네 원래 아무것도 묻혀있지 않았음이 분명해 어둠이란 게 생의 절반이라 했나, 파헤친 의미라야 고작 이렇게 부드럽고 가벼운 것일지도 몰라 거친 목구멍 뜨겁게 지나가는

밑간

밑간이란 말은 왠지 조금 아픈 말

밑이 아프다거나
밑에 뭐가 생겼다거나 하는 말처럼
생채기에 말씀이 들어가는 것처럼

조금은 짭조름하고
어쩌면 달짝지근한

배추나 무나 도라지나 뭐 그런 것들이
숨을 죽이고

몸에 들어놓는
가장 겸허할 간기

마침내 감칠 감칠
맛이 생기는

잘 보이지 않는 가슴 밑자리에
서서히 생겨나는 밑 맛,

처서

차가워진 공기가 주위를 둘러싸고 조여 온다
집은 긴장하며 부풀고 늘어진 벽을
단단히 수습한다 이음새 틈 습기를 보내고는
사이사이 풀벌레 울음 쟁이듯

몸속 건너는 소리 가시랭이 꺾으며
쩍쩍 말라가는 가슴뼈

모르는 모퉁이에 균열이 생기고
허위와 헛된 웃음이 사라진 자리
처음처럼 디기드는 한기가
흙벽을 타고 내리며 묻는다

고양이 지나간 걸음 뒤편으로는
무엇이 남아 있냐고

고요 속에 있는 것

무슨 큰 벌레가 들었나 해서 가만히 다가서 보니
수풀이 저 혼자 그러고 있는 거였다
저희끼리 우거져 있어 잘 보이지 않았는데
톱니 같은 잎과 잎
코끝 시큰해진
그의 옆구리를
가장자리 까슬한 끝까지
몸 안쪽으로 끌어당기고 있는 거였다
그때 살짝 일렁이던
달리아꽃 진 자리
가운데서 좀 비껴 난
바람 한 점

"아무것도 원하지 않는다, 아무것도 두렵지 않다, 난 자유다"

니코스 카잔차키스의 묘비명이다. 아, 이 문장 하나가 얼마나 가슴을 쳤던지….

중학교 시절, 두꺼운 책을 끼고 다니며 폼 잡고 다니던 시절(예를 들면 수업 중에도, '아들과 연인' 같은 책을 책상 밑에 두고 몰래 읽곤 했다), 그가 쓴 그리스인 조르바를 다 읽었을 때의 격한 감동을 기억한다. 아, 맞아 이런 거야. 삶이란 이런 거여야 해. 모래사장에서 조르바가 췄던 춤, 바람을 맞으며 파도에 쓸리며 가슴을 풀어헤치고 악기를 연주하며 췄던 그 춤이 자유라고 생각했다.

나중에 다시 읽었을 때 그 옛날의 감정을 다시 느낄 수는 없었고, 그 장면 역시 찾을 수 없었다. 이제는 너무 나이를 많이 먹어버린 탓이겠지만, 왜 바닷가의 그 장면은 찾을 수 없었을까…. 혹시 책을 읽으며 내가 상상해 넣었던 장면이었을까….

그러나 그가 맨 마지막 남긴 말이 '자유'인 걸 보면 중학교 시절에 읽었던 그 감흥이 영 어긋나지는 않은 듯하다. 그런데 난 왜 어려서부터 자유롭고 싶었을까. 지금도 난 정말로 자유롭고 싶다. 자유라는 말만 들어도 눈물이 날 만큼.

살아가면서 자유란 정말로 무엇을 원하지 않을 때 조용히 찾아오는 것이란 걸 알아간다. 무엇을 원한다는 것은 지금을 항상 불완전하고 부족한 것으로 만든다. 아무것도 원하지 않을 때 지금을 온전히 받아들이고 수용할 수 있다. 이때 원한다는 것은 욕심낸다는 것이겠다. 가당치 않은 욕심을 버리는 일, 쓸데없는 욕심을 버리는 일, 나와 모순되는 욕심을 부리지 않은 일이 필요하다. '지금'에 눈을 똑바로 뜨고 있으면 지금 이대로가 자유란 걸 느끼게 될까.

퇴근 후 바닷가를 산책한다. 물이 빠져나가는 서해 바다는 온통 뻘밭이다. 작은 칠게들이 두 손으로 밥을 먹고 있다. 사람이 손으로 음식을 들어서 입으로 가져가는 모양새다. 자세히 보면 게는 절대로 양 집게다리를 사용하지 않는다. 꼭 한쪽씩 번갈아 가면서 정확하고도 천천히 입으로 가져간다.

칠게의 저녁 식사, 그 동작이 참 숭고하다. 몇 발짝 안으로 들어서니 와, 사방에서 게들이 재빨리 숨는다. 오호라, 저 많은 구멍들이 게의 집이었던 것이다. 해가 바닷물을 잡아당기자 갯벌 위로 무수하게 드러난 구멍들. 어떤 것은 조금 크고 어떤 것은 조금 깊다. 구멍 주변으로는 물이 동그라니 고여 있다.

게들은 구멍 하나에 딱 한 마리씩 들어간다. 한참을 들여다보아도 다시 나오지 않는다. 아마 게들은 발자국의 진동이 안전하게 사라지는 때를 기다리고 있으리라. 해는 조금씩 져서 뻘밭이 붉게 물들고 있다. 저 무수한 구멍들 속으로 노을이 들어간다. 구멍도 붉다.

─ 아, 저 무수한 독방들이여!
저 구멍들을 독방이라 명명한다. 참선하는 선방처럼 그 방들은 고요하리라. 문 창살 사이로 저녁 햇살이 들어가듯이, 모래의 방 그곳을 아직 식지 않은 햇빛이 비추고 있으리라. 부처가 탁발을 끝내고 발을 씻고 가부좌에 들 듯이, 식사를 끝낸 칠게는 조용히 앞발을 모을 것이다.

홀로 있음을 생각한다. 온갖 생각으로부터, 부채 의식으로부터, 의무와 기대로부터 비로소 놓여나는 '홀로'를 꿈꾼다. 홀로일 때 자유이다. 생각이 홀로일 때, 생각이 돌이킬 수 없는 실수를 버려버릴 때, 생각이 온갖 걱정에 머물러 있지 않을 때, 생각이 오지 않을 내일을 염려하지 않을 때, 그래서 걱정을 걱정하지 않을 때….

마치 황태 덕장의 명태가 겨우내 찬바람에 얼었다 녹았다를 반복하며 제 살덩이를 말려가는 것처럼 헛된 생각이란 것을 꼬들꼬들 말리고 모두 날려버릴 때….

아직 중학생의 그 마음은 하나도 변하지 않은 듯하다. 그 마음 하나가 칠게의 마음과 같다고 할까. 그 마음 하나가 독방으로 스며들고 있다고 할까. 그러고 보니 나는 수많은 암시를 지나왔고, 수많은 자유가 내 눈앞에 있었다. 다만 눈치를 못 채고 있었을 뿐. 머리띠 두르고 술래잡기하듯 찾아 헤매던 자유가 지금 이 뻘밭에 수도 없이 보인다. 그러면 나도 자유인가? 잘 모르겠다. 다만 지금은 독방에 갇히고 싶을 뿐이다.

전 인

걸레

사람의 어두운 흠집 감싸며 닦아

그 자리 환하게 드러내고는

구석에서 묵언 수행하는

저 걸레가 보살이다.

개심사

구불텅 구불텅 멋대로 자라
대체 어디에 쓰일까 싶은 나무도
어쩌다 눈 밝은 대목 만나
구불텅 절집에 자리 잡았다네
반듯반듯하고 각 딱딱 진 세상
살기 대간하고 팍팍한 날은
서산시 운산면 신창리 1번지
개심사로 검불처럼 슬쩍 묻어오시게
와서 공연히 마음 열라 애쓰지 말고
거기 구불텅 기둥 밑에다가 눈 딱 감고
옛다, 이제 나도 모르겠다
마음 한 지게 시원하게 부려 놓으시게

고독사

모처럼 볕 좋은 날
잎 죄다 떨궈 보내고
감나무에 달린 저 붉은 감처럼
내려놓고 보면
혼자가 아니다.

내려놓기 아까워
혼자 다 들고 있어
끝내 고독한 죽음이다.

고독사는 없다.
가만히 내려놓고 보면
정말 가만히 내려놓고 보면

감나무 그림자 밑으로 저 멀리

더불어 돌아가는 길이 있다.
뭇 중생들 다리품 팔아 생긴 길이다.

강 물

바람 부는 날
어쩌자고 그리움에 강은
물결 일으켜 편지를 쓴다.
늘 바쁜 사람들은 홀린 듯
쫓기며 강과 눈 마주치지 않고
사람들이 그 내용 알 수 없어 끝내
수취인 불명으로 되돌아온 편지들만
하얗게 물거품으로 쌓여 스러지고 있다.

욕으로 지은 집

아들과 함께 산에 생태 화장실을 짓던 날
목은 마른데 가져온 물은 다 마셨고
해는 기울어 몸은 방전이 됐는데
지붕 덮는 데 재활용한다고 가져온 양철판
평소에 거뜬히 들던 그 무게도 만만찮아
의도대로 따라주지 않는다.
쓰던 못 바르게 펴서 다시 쓰자니
서툰 망치질에 금세 구부러져
끝내 시팔저팔 욕으로 지은 집
너 그래놓고 어디 가서
선생으로 퇴직했다고 하지 마라

산 밭

장마 끝나고 산밭에 가 보니
칡넝쿨이 올봄에 심은
어린 감나무의 멱살을 잡고 있다.
그동안 쌓인 게 많았겠지
끙끙대며 삭인 게 있었겠지
그래, 알았다.
일단 멱살 놓고 말로 하자.
중중무진으로 마구 얽혀 있는
장마 뒤 산밭
다들 사는 게 열심이구나.

호강한 날

부처님 말씀을 읽다 눈이
침침해 잠시 창밖을 보니
아무도 없는 근린공원 한 귀퉁이
체육 실기시험이라도 있는지
어린 여학생 흘끔흘끔 주변 눈치 살피면서
혼자 배구공을 가지고
리시브 연습을 하고 있다.
하나 하고 올리면 튀어나가고
다시 하나 하고 올리면 튀어나가
연속 둘 이상을 잇지 못한다.
그 학생 누가 볼까 연신 고개 돌려 살피는데
그 모습에 나도 모르게 빵 터졌다.
눈 호강 마음 호강 제대로 한 날

그 집

시 쓰는 청년들이 무시로 드나들던 집
때로 연애에 실패한 청춘들이
술에 취해 어둠 속 길고양이 같은
속울음 깊게 토해내던 집
"나는 숨을 쉴 수 없어."*
질식할 것 같던 시대와
오지 않는 미래를 고민하던 집
언제나 문이 열려 있어 넉넉하던 집
천식 때문에 늘 숨이 그렁그렁 하시던
늙은 할머니가 늦잠 자는 우릴 깨워
된장국 나순 밥 차려 주던 집
대전의 지사총 근처 용두동 그 집
안개에 조난당한 밤 우리 흘러갈 때
등대처럼 불 꺼지지 않던 집
"나는 숨을 쉴 수 없어."

브룩클린으로 가는 비상구 같았던
우리들의 마지막 숨구멍 그 집!

* I can't breathe 지난 5월 말 미국 미네소타주 미니애폴리스에서 경찰
의 과잉진압으로 흑인 남성 조지 플로이드가 사망할 때 호소했던 말.

지지난 봄에 첫 시집 『지친 자의 길은 멀다』를 냈다. 그때 시인은 기본적으로 샤먼이라는 생각이 들었다. 샤먼은 세상 만물의 소리를 듣고 전해 주는 사람이다. 나무들과 풀잎과 바람과 새들의 소리, 일하는 사람들의 고통스런 소리, 좌절한 청년의 울부짖는 소리, 슬픈 아낙네가 탄식하는 소리…. 우주에 떠돌아다니는 이 모든 소리를 듣고 느끼고 전하는 사람이 시인이다.

돌아보면, 시와 나의 인연은 70년대 중반부터 80년대 초반의 대학 시절까지 닿아 있다. 닫힌 사회의 가치관과 고정관념을 부정하고 선후배 동기들과 어울려 〈삶의 문학〉 동인으로 함께하며 그때는 정말 문학(특히 시)에 모든 걸 걸었었다. 시가 나를 행복하게 했다. 마음은 늘 유랑을 꿈꾸었다. 선승처럼 고무신 신고 걸망 하나 멘 채 만행으로 바람처럼 떠돌아다니는 자유를 꿈꾸었다. 이렇게 문학과 선禪이란 화두를 붙잡고 어설프지만 나름 구도의 삶을 살았다. 그게 내가 미성년을 벗어나 가본 첫 번째 길이었다.

그러다 대학에서, 지금은 돌아가신 김종철 선생님(문학평론가이자 〈녹색평론〉 발행인)을 만나 그동안 우리가 생각해왔던 치기 어린 낭만적 문학의 허상을 깨고 문학과 사회 그리고 삶의 관계에 대해 진지한 성찰과 고민을 하게 되었다. 그러면서 문학, 특히 삶과 시적 상상력이란 새로운 화두를 들었다. 이것이 내가 가 본 두 번째 길이었다.

1970년대의 끝은 독재자의 죽음과 함께 왔다. 이어 등장한 신군부 독재와 피의 광주항쟁. 이에 따라 한국 민주주의 역사에서 격동의 80 ~ 90년대를 거쳐 오는 동안 내 삶도 해직과 복직을 반복해 가며 그 격랑 속으로 휩쓸려갔다. 그렇게 교육 사회운동으로 10여 년을 보냈다. 그 시기에 나는 시를 거의 원고지에 남기지 못하고 몸으로 썼다. 이것이 내가 가 본 세 번째 길이었다.

이젠 교직에서 퇴직하여 의무의 짐도 내려놓은 지 다섯 해가 되어 간다. 돌아보니 내 삶은 '길을 찾아 끼웃거린 한 평생'이었다. 이제 내 마지막 남은 인생의 베이스캠프를 치고 도반道伴과 함께 스스로 정한 인생대학에서 불교 마음공부하며 지내는 중이다. 갈수록 눈은 침침하고 몸은 따로 놀아, 해는 져서 어두운데 오늘도 지친 자의 길은 멀기만 하구나. 무거웠던 나의 삶을 「안부」란 시로 스스로 마무리하련다.

거울 지난 벤치코트처럼
나는 너무 무거웠다.
남들처럼 잽싸지도 약빠르지도 못하고
그 사이 어디쯤에서
대개는 엉거주춤 머뭇거렸다.
사람들이 밖을 향해 걸어가는 동안
나는 고장 난 잠수함처럼
안으로 안으로 가라앉았다가
사막 같은 세월 건너
낼 모레 일흔 바라보는 나이
이제 거의 바닥에 닿은 듯하다.
두 손과 두 발
심부름꾼으로 고생했구나!
두 눈과 두 귀도 그간
소식 전하느라 수고 참 많았다.
늦깎이가 안부 전한다.

– 전 인, 「안부」 전문

전종호

임진강 1
– 거꾸로 흐르는 물

물은 흘러야 한다
낮은 곳으로 스며 가난한 땅을 축이고
굽이굽이 구석구석 반도를 적시어
바다에서 만나 한 세상을 이루어야 한다

흐르고 싶어도
여기 흐를 수 없는 강이 있다
알을 밴 연어 떼처럼 온몸으로
거슬러 올라야 사는 강물이 있다
역류逆流를 타고
돌아가고 싶은 사람들이 있다

사람은 만나야 하고
시간은 앞으로 나가야 하나
만날 수도 앞으로 나갈 수도 없이

분단과 경계와 금지에 맞서
홀로 물방울로 멈춘 사람들이
강가에서 살고 있다

주문呪文의 시간에서 풀려날 수 없어
세월의 허리를 붙잡고
건널 수 없는 나루터에서
하릴없이 우는 사람들이 있다
우는 사람들 곁에서
우두커니 서서 함께 우는 강물이 있다

이념을 걷어내고 거슬러 올라
모두 제 갈 길로 가야 하거늘
흐를 수도 거스를 수도 없는 강가에서
고향으로 돌아갈 수 없는 눈물을 따라
임진강은 목놓아 울고 있다

임진강 2

 – 도강渡江의 의미

아비는 저 강을 넘어왔다
사리원에서 개성을 거쳐 왔으니
아마도 여기 임진나루를 건넜을 것이다

분단의 나루를 건너는 새벽에
죽기를 다하여
도강渡江의 의미를 생각했을 것이다.

강을 건넌다는 것이
무엇을 버리고 얻고자 함인지
묻고 또 물었을 것이다

빈사와 존망의 지경에서
남은 부모형제는 어찌 살고
살아 이 강을 다시 건너

서로 만날 수 있을지
생각하고 또 생각했을 것이다.

차가운 물이 무릎에 닿을 때
물속으로 머리를 집어넣을 때
손을 돌려 헤엄을 칠 때
행여 총알이 날아들까 심장이 떨 때
시퍼렇게 또는 시뻘겋게
가슴을 달구던 것은 무엇이었을까

아비가 넘어온 임진나루 가까이
가난한 마을의 학교 선생이 된 아들은
젊은 아비의 가슴에 일던
불길 또는 물길을 헤아리나
죽어서도 돌아가지 못한 영혼의 회한을
짐작할 수 없어 눈물만 짓는다

임진강 3

― 삼기하三岐河 교하

이렇게 허리 펴고
다리 쭉 뻗고 누워
양안의 산맥 정수리를 바라보며
흘러가는 물이라야 강이다
받아들이는 상류만 있어
썩는 것들 내보내지 못하고
절로 고여 있는 물은 호수라 하고
오만 잡것들과 섞여
굽이굽이 하류로 흐르고 흘러
씩씩거리고 식으며 깨끗해지는 물을
이른바 강이라고 하는 것이다
떡 벌어진 어깨 위로 왕버들 몇 그루
편안하게 움직일 수 있는 발목 아래
청둥오리 또는 재두루미 두어 마리
유유히 풀어 놓고 키운다면

구태여 큰소리치지 않고 흘러도
조용한 물무늬 몇으로도 넉넉히
살아 흐르는 강이라는 것을 알리라

임진강 4

– 망향望鄉의 노래

임진각 저 낮은 건물이라도 올라
흘러가는 물줄기 너머
휴전선이라는 저 거대한 철조망 너머
분단의 강 건너 사람 사는 마을을
한 번이라도 볼 수 있다면

눈물 없이는 지켜볼 수 없는
눈을 뜨고서는 볼 수 없는
뜬 눈으로 새우고도 잠들 수 없는
이산가족 상봉
그 현장의 감격은 그만두고라도

중국으로 돌아서 백두산 천지
그 흔했던 육로의 금강산이나
개성 관광단의 일원으로

내 땅!
한 번만이라도 밟아 봤더라면

수고樹高 경쟁하듯 깃발 높이 경쟁하는
대성동이나 판문점 도보 다리는 언감생심
하다못해 땅굴이나 통일촌 해마루촌을 넘어
도라산 전망대나 DMZ 투어 같은 거라도
한 번 해 봤더라면

지친 신발을 벗고
저승으로 돌아가는 발걸음이
한결 가벼웠을 텐데
절망을 두 다리로 질질 끌고 가는
이 땅의 문턱이 너무 높구나
아, 이 무거운 한숨이여

임진강 5
– 타향살이

막걸리라도 한 잔 하면
타향살이 몇 해던가 손꼽아 헤어 보니
언제나 불리는 아버지의 타향살이*는
자식들 마음에 인 박힌 정서가 되었다

고향 떠나 수십 년에 청춘은 가고
굴뚝새 돌아올 때 낮게 낮게
노랫자락 청솔가지 저녁 연기에 깔리면
노을은 술잔에 누룩처럼 뜨고
어린 마음들은 슬픔으로 물이 들었다

사리원 고향집 마당가 버드나무 마냥
올봄에도 이곳의 왕버들은
푸르고 늘어져 살랑살랑 춤을 추지만
아무것도 내 것이 되지 못하는 타향에서는

좋은 일도 신나는 노래가 되지 못했다

부평초 신세 한탄은 아버지의 기타 가락에 실려
북녘으로 멀리멀리 퍼져 날지 못하고
하루하루 한평생 남녘에서 속 타는 그리움은
어린것들의 평생에 깊은 우울증이 되었다

* 타향살이 : 고복수 노래.

임진강 6

－ 우수雨水

한겨울에도 강은 이제 얼지 않으므로
강물이 풀리는 일은 없지만

강가의 얼었던 땅들이 살아나
버들강아지는 봄비에 눈 비비고

산꾼의 굳었던 몸이 근질근질해지자
진달래 꽃눈에도 물이 올랐다

겨울이 따뜻해지면서 예전처럼
애타게 모두가 기다리는 것은 아니지만

영혼도 강물처럼 환호하는 우수雨水
우 우 다시 강이 소리 내 울며 흐르기를

겨우내 얼어붙은 남북의 마을에도
강마을 사람들 건너갈 다릿목에도 우 우

대동강과 한강의 해빙을 알리는 편지
임진강을 서로 건너오고 가며 봄 봄 봄

임진강 7

– 흐르지 않는 강을 위하여

이제 강은 얼지 않는다
동무들과 조마조마 가슴 쓸어내리며
언 강을 건너 학교 가던 일은 추억이 되었다
이제 한겨울에도 얼지 않으므로
우수가 되어도 풀리는 강물은 없다

이제 강은 흐르지 않는다
대나무 마디마디처럼 댐으로 갇히고
보로 나뉘고 하구는 둑으로 막혀
바다가 되고 싶은 강의 꿈은 이루지 못한다
더러운 것들을 한꺼번에 쓸어버리는
장마철 범람의 장관도 더는 볼 수 없다

흐르지 않으니 이제 강은 울지 않는다
흐르는 강물을 쓸쓸히 지켜보거나

쪼그리고 앉아 강울음을 듣는 사람은 없다
강을 물 담는 커다란 항아리로 생각하는
돈의 유령이 강을 떠돌 뿐
흐르는 강물을 보며 가슴 조리는 시인은 없다

흐르지 않는 것을
흘러가며 울지 않는 것을
흐르고 흘러도 바다에 닿지 못하는 것을
흘러도 대지를 적시는 꿈을 꾸지 않는 것을
어찌 물이라 강이라 사랑이라 할 수 있으랴

강은 흘러야 하고
흘러 흘러가며 흥얼거리는
강물의 노래는 계속되어야 한다
흥겨운 강의 노래 따라 부르며 손뼉 치는
갈대와 철새들의 합창은 계속되어야 한다

임진강 8
– 경의선을 따라

오늘도
기찻길을 따라 학교에 갑니다

기차는 예정을 따라 달리고
나는 시간에 매여 걷는 길

기차는 도시의 소음을 뚫고 멀리
양평 물소리길을 찾아갈 것이고

원덕역 흑천 근방 어딘가에서
힘든 하루를 부릴 테지만

나는 임진강 접경의 강가에서
아이들의 출렁이는 미래
빛나는 물결을 만날 것이나

파도치는 마음속의 물결은
언제쯤 분단의 강을 건너
저 평화의 물소리를 들을까

흘러 어디서 누구를 만나
하나의 바다 위대한 포효를 들을까
경의선을 따라 꿈꾸며 걷습니다

강마을 사람은 강물 소리를 들으며 산다. 물이 노래하는 소리와 우는 소리를 들을 줄 안다. 가뭄과 홍수에 지르는 비명을 구분할 줄 알고, 평상시에 유유하게 흐르는 물의 평안을 즐길 줄 안다. 봄의 물소리는 부드럽고 여름의 강물은 마치 코를 골며 자는 사내만큼 거칠다. 가을의 강물은 단풍 한 잎 물길에 실어 나를 만큼 운치가 있는가 하면, 겨울 강은 고요하지만 성마르다. 강은 겨울잠에서 깨어나기 위해서는 쩡 쩡 쩡 하고 우는 소리를 낸다.

나의 본류本流는 금강이다. 금강의 하류 부여의 금강은 백마강이다. 백마강은 삼천궁녀의 전설과 함께 노래를 통해서 전국적으로 많이 알려졌지만, 내게는 유려한 물줄기가 흐르고, 물줄기 옆으로 넓은 백사장이 펼쳐져 있고, 백사장 한쪽 끝에 미루나무 숲이 무성한 고향이다. 우리는 틈만 나면 백마강에 가서 멱을 감고, 조개를 잡고, 백사장에서 뒹굴고 씨름하면서 유년을 보냈다. 나는 백마강을 줄인 백강초등학교를 다녔다. 당시에는 시내 가는 버스도 없어서 나룻배로 백마강을 건너서 중학교에 다녔다. 장마철

에는 배도 다니지 않았다. 같은 강을 금강이라고 부르는 도시에서 고등학교와 대학을 다니면서 『금강』의 시인 신동엽을 알았다. 삶이 힘들고 구차할 때는 강가에 나가 투정을 부렸다. 강은 때로는 독한 술병을 비우며 함께 마시는 친구가 되어 주었다. 그 힘으로 웬만한 고통은 버틸 수 있는 어른이 되었다. 비단강을 찬양하는 시인 나태주도 강가에서 만났다. 그들처럼 금강을 지키는 시인이 되고 싶었으나, 삶의 강은 알 수 없는 격랑을 만들어 나를 멀찍이 임진강 가에 부려 놓았다.

임진강은 북쪽 마식령에서 발원하여 북쪽 강원도를 지나 남쪽의 철원군을 거쳐 연천군에서 한탄강을 합하여 파주로 흘러들어온다. 흐르고 흘러 문산을 지나 탄현면 성동리 오두산성 앞에서 한강과 몸을 합쳐 교하交河가 된 뒤 김포 조강을 지나 마침내 바다가 된다. 대략 255km의 장정이다. 파주와 장단을 양쪽으로 안고 흐르던 임진강은 전후 장단은 파주와 연천으로 행정구역이 재편되었으므로 지금은 파주와 연천 사이를 흐르다가 파평쯤에서 파주시를 관통해서 흐른다. 파주는 지금은 분단으로 접경지역으로 불리나, 고려와 조선 시대에는 개성과 한양의 배후 도시로서 외교와 군사, 상업 등에서 중요한 역할을 수행하였고 임진강은 사람과 물류 수송의 핵심 역할을 수행하였다.

안타깝게도 많은 강들이 잘리고 막히며 불구의 몸이 되었으나, 다행히 임진강은 여기를 모천으로 삼아 회귀하는 황복을 비롯한 물고기들과 재두루미를 비롯한 새들이 있고, 이 생명들과 함께 어우러져 사는 임진강의 어부와 농부와 그의 식구들과 벗들이 살고 있다. 임진강은 그들의 몸과 정신을 구성하는 질료이고, 그들이 일하고 먹고, 사랑하며 사는 아비투스이고 몸과 정신의 고향이다.

　임진강은 강화에서 예성강과 만난다. 예성강은 아버지의 고향을 휘돌아 나오는 물줄기이므로 여기 임진강 가에 있으면 아버지의 유년과 만나는 셈이다. 아버지의 장년과 나의 유년의 금강의 물줄기는 내 마음속으로 흘러와서 여기 임진강 가에 나의 장년과 아버지의 유년을 부려 놓고 있는 것이다. 나는 여기 임진강에서 헤르만 헤세가 강물 소리에서 들었던 신의 말씀을 들어 보고자 한다. 임진강 물소리를 통해서 나의 뼈와 살이 되었던 금강의 물소리를 새기고, 아버지의 유년에 배었던 예성강 물소리를 마음속에 담아 두려고 한다. 임진강에서 살며 대동강, 압록강의 물소리를 상상하고, 북녘은 물론 유라시아로 뻗어가는 민족의 미래를 그려 보려고 한다. 시인 신동엽과 나태주가 금강을 노래한 것처럼, 시인 김용택이 섬진강을 노래한 것처럼, 임진강 물줄기가 지나가는 마을에 띠집을 짓고 나는

임진강을 지키고 사랑하며, 내 속의 물줄기를 꺼내 임진강
과 생명, 평화와 통일을 노래하며 살기로 했다.

조재도

쓸모

럭비공은 잡기 좋게
축구공은 차기 좋게
야구공은 던지기 좋게
탁구공은 치기 좋게
농구공은 벌써 농구장에 가 있었다

손

60년 된 친구가 치매에 걸려
사람도 못 알아본다는 말을 듣고
이게 마지막이겠다 싶어 찾아갔더란다

내가 누구여
나 알아보겠어
그때 거기 생각 안 나

말하고 묻고 달래고 흔들어도
엉뚱한 소리
자욱한 안개

틀렸구나 싶어 집에 오려는데
가지 말라고 더 있다 가라고
떠는 손으로 옷깃을 잡더란다

참는다

사람도 없는 빈방에 혼자 돌아가는 선풍기가
싹이 나 뒤엉켜 있는 비닐봉지 속 감자가
3년째 옷장에 걸려 입지도 않는 티셔츠가
벗어 던져 놓고 빨지 않는 빨래 뭉치가
나사 풀려 삐걱대는 의자가
칼금이 무수히 나 있는 도마가
바라볼 때까지 기다려주는 저녁노을이
어떤 험한 말도 다 들어주는 전화기가
80시간도 더 지난 밥솥의 타이머가
참는다

인간만이 참는 게 아니다

소금 몇 알

사막에
소금 몇 알 떨어져 있다

바람에 실려 온
소금 알갱이

그 소금 주워들고
그는 걸었다

바다를 향해

들꽃

내가 들꽃을 좋아함은
혼자서도 외올히* 꽃 피워서다

내가 들꽃을 사랑함은
침노하는 바람에 맞서 흔들려서다

내가 들꽃을 좋아함은
따가운 가을볕에 씨를 맺어서

내가 들꽃을 사랑함은
다발로 묶여 팔려가지 않아서다

*외올히 : 외로이 우뚝하게

흔한 말

엄마 아빠 같은 말
밥 먹었어? 비 오네, 같은 말
가서 전화해 같은
흔한 말을

하지 못할 때

할 수
없게 되었을
때

그런 흔하디 흔한 말
해 줄 사람 곁에 없을 때

우린 외롭고 아프고
눈물 난다

붕어빵

붕어빵이 길에서 헤엄치고 있다
누가 버렸는지
흘렸는지
보도블록 위 흙 묻은 붕어빵이
아가미를 힘겹게 뻐금거리고 있다
통통하던 몸이 납작 일그러져
붉은 팥의 내장도 튀어나왔다
검은 발자국 밑에 맑은 눈물이 흐르고 있다
누군가의 입으로 헤엄쳐 들어가
가난한 뱃속의 작은 행복이 되고 싶었는데
붕어빵이 길에서 죽어가고 있다

격려받고 강해진다

잘 할 수 있을까
불안해 망설이던 봉오리가
어느 날 아침 자신을 활짝 열어
꽃을 피웠다

햇빛과 물과 바람
무엇보다 자신이 자신에게 건넨
불면의 밤 기도 같은 격려가
마침내 힘이 되어 꽃을 피웠다

꽃도 사람도
격려받고 강해진다

학교에서 퇴직한 지 10년이 되었다. 2012년 8월, 과제로 내준 학생 글쓰기 검사를 마지막으로 마친 그다음 날, 나는 교무실에서 퇴임 인사를 했다. "지금까지는 학교 교실이라는 공간에서 학생들을 만나왔는데, 이제부터는 세상이라는 더 큰 교실에서 사람들을 만나고 싶다." 인사말 가운데 다른 말은 전혀 기억에 남은 게 없고, 이 말만이 지금도 기억에 남아 이따금 떠올려 본다. 퇴임식은 강당에서 했다. 원래 운동장에서 하기로 했는데, 태풍의 영향으로 비가 많이 와서였다. 행사 후 왜 우리들 곁을 떠나느냐고, 이름표를 내 옷에 붙여 주며 잊지 말아 달라고 울먹이던 아이들.

퇴임 후 생활은 그야말로 단순하다. 밥 먹고, 산에 가고, 책 읽고, 글 쓰고 잠자고. 밥 ─ 산 ─ 책 ─ 글 ─ 잠, 한 글자 생활이다. 요즘은 코로나 때문에 더욱 그렇지만 그 전에도 카톡도 하지 않고 모임에 거의 나가지 않았다. 번거롭고 성가신 자리를 피하기 위함이었다. 산은 집 뒤에 태조산이 있어 자주 다닌다. 지금까지 십수 년간 다녔는데, 그러면서 한 인생 공부를 지난해 『산』(도서출판 b)이라는 제목의 시집으로 펴내기도 하였다.

　퇴임할 때쯤 작은숲출판사 강봉구 사장을 만났다. 그와 '청소년 + 평화'에 뜻이 맞아 그 출판사 기획일을 한동안 하였다. 그러면서 어린이와 청소년이 읽을 책을 펴내기도 하고, 무엇보다 '청소년평화모임' 일을 하게 되었다. 이 글에서는 '청소년평화모임'과 '시'에 대한 이야기를 간략히 하겠다.

　1994년 전교조 사태로 복직할 때 나는 한 가지 마음속으로 다짐한 게 있었다. 앞으로 어떤 모임도 만들지 않겠다는 거였다. 모임을 만들면 그에 대해 책임을 져야 하는데, 이제 그런 일보다는 그동안 하지 못한 문학(시)을 제대로 하고 싶었다. 그리하여 시작한 일이 우리말 공부였다. 10년 동안 공부하면서 시집 『그 나라』, 『백제 시편』, 『좋은 날에 우는 사람』을 펴냈다. 신석기 시대 이후 수천 년간 이어져 내려온, 그러나 얼마 안 있어 박물관으로 사라지고 말 '농경문화'의 끝자락에 내가 있고, 시를 쓰는 사람으로 그에 대한 생활상의 기록을 시로 남겨야 한다는 생각에서였다.

그렇게 공부하고 시 쓰고 학생 글쓰기 교육을 하면서 잘
지내던 중, 퇴직이 가까워질 무렵 나는 이런 학생의 글과
그림을 접하게 되었다.

（가장 슬펐던 일은 내가 태어난 것이다 그리고 나는 맞고 살았
다 더 불행했다 엄마 아빠를 잘못만났다 잔소리와 때리고 구타하
고 폭행이 따로 없다 잔인하다 또 동생이 태어났다 이건 내가 죽어
야 한다는 신호다 동생의 종이 되었다 먹여주고 놀아주고 5살엔 죽을

것 같았다 지금은 휴전중이다 끝 가여워라)

　"난 작년부터 가족 간의 갈등으로 인해 힘들어하고 있지만 겉으로는 드러내지 않는다. 작년에는 알 수 없는 일로 인해(알고 보니 어떤 사람이 고의적으로 만든 일) 큰 충격을 먹었다. 처음에는 그냥 부부싸움이다 싶었지만 2번째는 그냥 말도 아니다. 아빠는 술 마시고 오더니 새벽 두 시 때 엄마 아빠는 밖에 나와서 싸우고 옆집에서도 말려 봐도 안되고 엄마는 우리가 자고 있던 방으로 들어가 방문을 잠그고 장롱으로 문을 막았고 아빠는 밖에 있는 자전거랑 연장을 가지고 문을 부수고 있는데 할 수 없이 경찰도 부르고 우리가 먼저 다른 데로 가서 있다가 다시 온 경험도 있다. 지금 생각해보면 오싹하다. 그리고 지금은 엄마 아빠가 사이가 또 슬슬 안 좋아지기 시작하고 난 지금 아빠 땜에 골치다. 솔직히 나같이 학교를 아침 일찍 가서 밤늦게까지 공부하고 온 사람한테는 주말 땐 좀 놀게 해줘야 정상인데 집에서 책을 안 읽는다고 동생 들먹이며 나한테 뭐라고 한다. 내가 컴퓨터를 하려 하면 막 욕하고 평일에는 피로와 스트레스 때문에 주말에 놀려고 하면 어떻게든 못 놀게 한다. 시험이 끝나면 몰라도 아마 더 힘들어질 것 같다. 그래도 작년에는 가족 간의 갈등이 너무 심해서 정신적 고통을 느꼈는데 올해도 그럴지 걱정된다. 만약 또 싸움이 일어나면 난 뭘 해야 하고 누구 편에 서야 할지도 모르겠고 갈등이다."

위 그림은 중1, 글은 중2 남학생이 쓴 것이다. 나는 그림을 보고 그때 받았던 충격을 지금도 잊지 못한다. 그리고 학생들이 쓴 글을 통해 이렇게 가정폭력으로 고통을 받는 학생들이 한두 명이 아니라는 것도 알았다. 글쓰기를 해 보면 학생들은 가정폭력, 학교폭력, 성적으로 인한 중압감, 남녀차별, 우울증, 내부가 깨진 데서 오는 여러 문제로 고통스러워하고 있음을 알 수 있다.(그런 학생들의 아픔이 배어 있는 글을 더 보고 싶다면 필자가 엮은 학생글 모음집 『눈물은 내 친구』(작은숲 간)를 읽어 보기 바란다.)

폭력은 반드시 대물림된다. 분단국가에 살면서 우리는 통일이 되어야 한다고 생각한다. 그러나 통일이 안 돼서 일상생활이 불편한 사람은 거의 없다. 어른들은 그렇지만, 그러나 사회적 약자인 아이들은 매일 이런저런 폭력에 시달리며 산다. 집에서 학교에서 거리에서 제대로 어깨 펴지 못하고 숨조차 쉬지 못한다. 그런 아이들이 한둘이 아니다. 공부를 잘하는 아이는 그런대로, 못하는 아이는 못하는 대로 그러하다. 온전한 인격으로 자라나야 할 아이들이 내부가 깨지고 일그러진 성인으로 자라는 것이다. 이 아이들의 짠 눈물을 어찌해야 하나.

2012년 2월 퇴직이 얼마 남지 않은 시점에서 '청소년평화모임' 일을 시작했다. 그리고 그해 3월 첫 회보를 펴냈다. 회보 1호 표지 그림으로 위에 있는 아이의 그림을 실었다. 가정의 부모나 학교 교사들이 폭력문화와 경쟁 심리에 사로잡혀 있는데, 그 가정과 교실의 학생들이 평화로울 리 없다는 취지에서 학생 모임이 아닌 어른들의 모임으로 시작했다. '어린이와 청소년이 평화로워야 진정한 평화다'를 핵심 가치로 내걸었다. 그렇게 시작한 일이 올해로 만 10년이 되었다. 그동안 청소년평화학교, 징검다리 책나눔 사업 같은 일을 했고, 해마다 5회씩 회보를 내어 지금까지 50호를 발간했다. 이 모든 일이 뜻을 같이 한 강봉구 사장의 도움 없이는 불가능한 일이었다.

시에 대한 고민도 많았다. 2016년 열두 번째 시집 『소금울음』(실천문학사)을 내면서 그동안 써 온 시에 대해 많은 반성과 모색을 거듭했다. 고민의 핵심은 지금까지 내가 갖고 있던 '농경문화'에 바탕을 둔 시적 정서와 언어로는 현대인의 여러 복잡한 문제를 드러내기 어렵겠다는 것이었다. 오랜 고민 끝에 시 쓸 때 지양해야 할 점과 앞으로 발전시켜가야 할 점이 걸러져 나왔다. 그렇게 시를 쓰자 사람들이 말했다. 내 시가 변했다고. 나는 그 변했다는 말을 좋게 받아들였다. 변즉통變卽通 통즉구通卽久니까.

최근 들어 시 쓰기에 주력하고 있다. 가능한 한 짧고 임팩트 하게 쓰려고 한다. 긴 시는 사람들이 안 읽는 것 같다. SNS 같은 새로운 소통 문화의 발달에 따른 세태의 변화도 내가 시를 짧게 쓰도록 하는 요인이다. 시의 그릇은 크지 않고 작음을 새삼스럽게 요즘 다시 깨닫는다. 군더더기 없이 담을 것만 담아 '촌철활인寸鐵活人'하는 시. 그러면서 '환시본처還詩本處'라고 해야 하나?, 시를 원래의 자리에 되돌려 놓는다는 뜻인데, 시의 맨 처음 형태(예컨대 고대시가인 「구지가」나 「황조가」 같은)와, 시의 개인적 사회적 기능에 대해 골몰한다.

그러면서 한편 생각하는 것이 '시의 대중성'이다. 요즘엔 여러 사람이 여러 이유에서 시를 외면하고 있다. 그런 판에 내 시를 읽고 사람들이 이해하고 공감하여, 야, 이 시 좋은데 하면서, 자기가 아는 사람에게 소개해 주고 싶은 마음이 들 정도면 된다고 생각한다. 그런 기회를 만들어 보자는 의미에서 매월 말에 '시 한잔'이라는 이름으로 주위 분들에게 문자로 시를 발송하고 있다. 이 일이 기의 두문불출하는 요즘 내가 세상과 소통하는 창이다.

최성수

유월

바람이 없어도
꽃은 지네

슬픔이 없이도
나는 늙어가네

숲은 시리고
햇살은 나른한데

난분분 난분분
꽃눈 흩날리는 유월

먼 그대

산에는 겨울꽃

바다에는 시린 파도

마음은 한 자리

몸은 천리 밖

그대 없어도 겨울은 와서

하염없이 기다리는 낮달만 차다

백로에

물봉선화 피었다
진다

이슬처럼 흰
머리카락 날린다

찬비 마냥 떠났다
함박눈으로 올 그대를 기다리는

백로 날
저녁

물레나물꽃

생은 바큇살 하나씩
떼어버리며
저 홀로 흐르다
스러지는 것

꽃 피는 그대

그대에게 가는 길이
너무 멀다

잎 지고 오래
뙤약볕 눈부시고

바람 가끔
불었다

그대 떠나고 긴 시간
가슴에 허공이 흘렀다

그대, 천천히 흐르고
막막하게 피는 사람

봄

오늘 아침도 얼었다
얼었으니 녹는다

녹아야 봄이다

11월

허공에 칼금을 그으며
잎들은 지상으로 내려앉는다

가을 숲은 온통
상처투성이다

돌아보니
내가 걸어온 길은
낡은 갈색으로 바스러지고 있었다

농라* 하나

고춧대 혼자
쓰고 서 있는 농라

석달 열흘
비만 내리는데

두고 온 고향 생각에
저 홀로 젖어가는

강원도 첩첩
산골 비탈밭

농라
하나

* 농라 : 베트남 전통 모자의 명칭.

역병이 창궐하고 나자 세상의 길은 다 막혀 버렸다. 역병이 아니라도 세상의 끝인 것 같았던 내가 사는 골짜기는 정말 세상의 끝이 되어 버렸다.

일주일에 한두 번씩 찾아오던 지인들은 발길을 끊었고, 나도 골짜기를 떠나 가끔 세상으로 나갔던 시간들이 아득해졌다.

세상은 더 이상 어울려 살아가는 곳이 아니었다.

밖으로 나갈 일이 없어지자 내가 사는 골짜기의 속이 비로소 보이기 시작했다. 옥상에 올라가 그저 멍하니 앞산 너머로 지는 노을을 바라보는 눈가에 눈물이 흘렀다. 자작나무 잎이 연두연두 돋아날 때는 내가 가르쳤던, 지금은 기억도 잘 나지 않는 아이들의 이름을 떠올리곤 했다.

그래도 역병의 시간은 무료하고 막막했다.

앞산 발치의 묵정밭이 눈에 들어온 것은 그 무렵이었다. 오래전 배추를 심었다가, 낙엽송 잎이 너무 떨어져 그냥 군데군데 은행나무를 심어 둔 곳이었다. 은행나무가 자라 반 숲 반 밭이 되어 버린 곳이라 나물을 심기에 적당하다는 생각이 들었다. 나물은 반그늘을 좋아하니, 그늘이 많이 지는 땅이라 제격이었다.

잡풀과 잡목이 발 딛기도 힘들어진 그 땅에 포크레인을 대고, 트랙터로 갈아 나무 그늘 아래 번듯한 밭을 일군 것이 삼월 말이었다.

여기저기 수소문해 나물 모종을 구해 심는 데 또 한 달이 걸렸다. 어차피 심는 해에는 수확을 기대할 수 없었기에 바쁜 일도 아니었다.

작년인 둘째 해에는 제법 먹고 남을 만큼 나물을 수확했다. 나물을 팔아 오십만 원 정도의 수입도 올렸다. 수입 대비 지출이 많았지만, 애초에 팔기보다는 넉넉하게 먹고 남는 것만 판다는 생각이었으니, 손해랄 것도 없었다.

나의 나물 농사는 가짓수만 많고 수확량은 적은 다품종 소량 생산 중심이다. 취나물, 곤드레, 눈개승마, 명이, 참나물, 곰취, 떡취 등 땅 넓이에 비해 가짓수만 많은 나물 농사는 코로나 시대를 살아가는 나의 새로운 놀이였던 셈이다.

올해로 세 해째가 된다. 작년보다는 생산량이 좀 늘어나겠지만, 수확보다는 봄에 뾰족뾰족 올라오는 나물 새싹을 기다리며 가슴이 부푸는 것은 내가 얼치기 농부이기 때문이다.

작년 여름, 나물 밭의 잡초를 예초기로 벨 때였다. 나물은 이른 봄에 돋아나 5월이 지나면 수확이 끝나는 농사다. 좀 늦은 것이 수리취라고 하는 떡취인데, 그것도 단오 지나면 끝나고 만다. 그 이후에는 나물은 점점 자취를 감추고 잡풀들만 무성하게 자란다. 그 잡풀을 일일이 손으로 맬 수 없어 그냥 키우다가 씨가 맺기 전에 예초기로 베어 버린다.

작년 여름의 일이다. 온몸에 땀으로 목욕을 하며 예초기를 돌리고, 손이 시릴 정도로 차가운 지하수에 씻은 뒤부터 갑자기 뱃속이 영 불편하기 시작했다. 트림도 자주 나오고, 뜨끔뜨끔 아파오면서 구역질이 시도 때도 없이 올라왔다. 원래 역류성 식도염이 좀 있었기에, 그러려니 하고 식도염 약을 먹고 기다렸는데, 밤중이 되자 앉아 있을 수도 없을 만큼 온몸이 떨리고 아파 왔다. 급기야 오른쪽 빗장뼈 부근이 칼로 찌르는 것처럼 고통스러웠다.

급히 119를 부르고, 인근 도시의 대학 병원으로 가서 긴급 수술을 받았다. 코로니 검사를 하고, 콧줄을 꿰고, 마취를 하고, 내가 깨어났을 때는 중환자실에 손발이 묶인 채였다. 며칠이 지났는지, 정신은 몽롱하고 몸은 나른했다. 목구멍 깊이 박아 넣은 인공호흡기만이 내 숨을 지탱해 주는 유일한 호흡기관이었다. 중환자실에서 다시 일반 병실로 옮기는 동안 하나씩 몸 안에 박아 넣었던 줄을 떼어내며 꼬박 2주를 견디고 겨우 발걸음을 뗄 만해서야 다시 골짜기로 돌아왔다.

내 병명은 장천공으로 인한 복막염. 거기에 당뇨 합병증으로 호흡이 돌아오지 않아 겨우겨우 생명을 건졌다는 것이다. 조금만 늦었어도 위험한 상태였다는 담당 의사의 말, 다른 모든 환자를 제치고 가장 먼저 수술을 해준 의사와 진심을 다한 간호사들의 도움 덕에 나는 다시 이승의 햇빛과 바람을 만날 수 있었다.

그러는 사이 여름은 지나갔고, 기신기신 목숨을 부지하다 제법 발걸음을 뗄 만 해져서 가 본 나물 밭은 그냥 온전한 풀밭이었다. 결국은 사람을 사서 이미 씨가 다 앉은 풀을 베고 나니 찬바람이 불었다.

그 해가 지나고, 다시 봄나물이 돋을 시간이 멀지 않았다. 수술 후 나는 단 한 줄의 글도 쓰지 않았고, 쓰기로 약속한 글도 다 취소해 버렸다. 내 마음이 잡풀 우거진 나물 밭 같으니 살아 있다는 것 말고는 다 덧없게 느껴졌다.

지금도 여전히 걷다가 비틀거리기도 하고, 조금만 다른 것을 먹으면 속이 거북하다. 수시로 멍하니 앉아 생각조차 없는 시간이 많아지기도 한다.

아직 찬바람이 매서운 강원도 골짜기지만, 그래도 며칠

에 한 번씩은 낮 기온이 영상으로 오르고 봄볕이 가까이 왔음을 실감한다.

하루에 한 번은 개울을 건너 나물 밭으로 산책을 한다. 나물 밭은 여전히 황폐하다. 조금씩 햇볕이 늘어나면서 명이나물부터 돋아나기 시작할 것이다.

한 편의 시도, 한 줄의 글도 쓰지 못했지만, 그게 뭐 대수랴. 무시로 내게 찾아오는 삶이 덧없다는 생각과, 나물 밭도 시도 이제는 내 마음에서 내려놓고 봄이면 돋아나는 풀꽃들의 자세로 남은 생을 느릿느릿 바라보리라.

오늘도 바람은 차지만, 햇살은 포근하다. 차가우면서 포근하게 새로 맞은 시간들을, 천천히 흘려보내는 것이 요즘의 내 일상이다. 더도 덜도 없다.

무상!

김정원

　전남 담양 출생. 2006년 〈애지〉와 2016년 〈어린이문학〉으로 작품 활동 시작. 시집으로『꽃은 바람에 흔들리며 핀다』『줄탁』『거룩한 바보』『환대』『국수는 내가 살게』『마음에 새긴 비문』『아득한 집』『수평은 동무가 참 많다』(시선집)와 동시집으로『꽃길』이 있음. 대안학교 고등학생들과 함께 영어와 글쓰기를 즐기다 2021년에 명예퇴직하고 고향에 돌아와 소요유逍遙遊하고 있음. 전남 담양 거주. moowi21@hanmail.net

박용주

　2003년 〈시를사랑하는사람들〉 시詩 로 등단. 시집『별들은 모두 떠났다』,『가브리엘의 오보에』『마을로』『2021 시니피앙』과 에세이『달리기는 운동이 아닙니다』『뜨거운 배

움, 함께한 여정』(공저), 번역서 『잃어버린 나를 찾아서』 『샹
송 꼬레엔느』 『혁명, 마을 선언』, 연구서 『프랑스 우선교육
정책』 등이 있음. 현재 충남 공주에 거주, 공주정명학교 교
장으로 일하며, 마을도서관 '해밝은작은도서관'을 운영함.
gomnaru@korea.kr

박우현

2008년 〈녹색평론〉, 〈시에〉, 〈사람의 문학〉으로 작품 활
동 시작. 시집 『그때는 그때의 아름다움을 모른다』 『그러나
후회는 하지 않았다』. 요즘 백수건달로 지내며 식물, 바둑,
대금, 영어, 돌 등의 공부에 빠져 있음. 늙어도 진화를 꿈꾸
다. 대구 거주. bwh0210@hanmail.net

송창섭

1990년 〈마루문학〉, 1992년 『대통령 얼굴이 또 바뀌면』에
시를 발표함. 시집 『새는 수행을 한다』. 경남 삼천포에 거주.
schss@hanmail.net

임혜주

2007년 〈무등일보 신춘문예〉로 등단, 시집으로 『옆』이 있음. 현재 중학교 국어교사로 재직 중. mother25@daum.net

전 인

1981년 〈삶의문학〉 동인으로 작품 활동 시작. 농촌 중학생들의 삶과 노동의 글모음 『생강 캐는 날』을 엮었으며, 시집 『지친 자의 길은 멀다』가 있음. 현재 계룡산이 보이는 충남 계룡에서 마음을 공부하며 살고 있음. jbgram@hanmail.net

전종호

1979년 〈한국문학〉에 작품 발표. 현재 〈시와산문문학〉 동인으로 활동. 시집 『가벼운 풀씨가 되어도 좋겠습니다(어른의시간, 2019)』『꽃 핀 자리에 햇살 같은 탄성이(작은숲, 2021)』, 교육저서로 『혁신교육너머 시민교육(중앙서적, 2021)』『그래도 교육이 희망이다(북만손, 2021)』『혁신학교교장의 탄생(공저)(학이시습, 2021)』 등이 있음. 현재 임진강 가에서 살면서 '임진강 시인학교'를 개설하여 학습부진학생들을 대상으로 시, 에세이, 자서전 등 생활 글쓰기를 함께 하고 있음. 여행기 『어쩌다, 히말라야』를 집필하면서 '파주교육연대' 상임대표로 교육운동을 하고 있음. peaceschool2014@kakao.com

조재도

1985년 〈민중교육〉지로 작품활동 시작. 시집 『산』 『소금울음』, 청소년소설 『이빨 자국』, 동화 『넌 혼자가 아니야』 등이 있음. 현재 글쓰기에 매진하며, 청소년이 평화롭기 위해서는 어른들이 먼저 평화로워야 한다는 취지에서 '청소년 평화모임' 일을 하고 있음. 충남 천안 거주. mvwhwoeh@hanmail.net

최성수

1987년 〈민중시〉 3집으로 작품 활동 시작. 시집 『장다리꽃 같은 우리 아이들』 『작은 바람 하나로 시작된 우리 사랑은』

『천 년 전 같은 하루』『꽃, 꽃잎』『물골, 그 집』, 소설 『비에 젖은 종이비행기』『꽃비』『무지개 너머 1,230마일』, 기행산문 『구름의 성, 운남』『일생에 한 번은 몽골을 만나라』 등이 있음. 지금은 고향인 강원도 산골짜기에서 얼치기 농사를 지으며 나물과 풀꽃과 바람을 벗삼아 흐르고 있다. borisogol@hanmail.net

人人
사
십
편
시
선